旌旗流转

亚尔斯兰战记

⑨

〔日〕**田中芳树** 著

杨雅雯 译

人民文学出版社
PEOPLE'S LITERATURE PUBLISHING HOUSE

著作权合同登记号：01-2019-0642

图书在版编目（CIP）数据

亚尔斯兰战记. 9 /（日）田中芳树著；杨雅雯译
. — 北京：人民文学出版社，2023
ISBN 978-7-02-017646-5

Ⅰ. ①亚… Ⅱ. ①田… ②杨… Ⅲ. ①长篇小说 – 日
本 – 现代 Ⅳ. ①I313.45

中国版本图书馆CIP数据核字(2022)第234347号

责任编辑　卜艳冰　　李　殷
装帧设计　汪佳诗

出版发行　人民文学出版社
社　　址　北京市朝内大街166号
邮政编码　100705

印　　制　山东临沂新华印刷物流集团有限责任公司
经　　销　全国新华书店等

字　　数　80千字
开　　本　880毫米×1230毫米　1/32
印　　张　6.25
版　　次　2023年1月北京第1版
印　　次　2023年1月第1次印刷

书　　号　978-7-02-017646-5
定　　价　49.00元

如有印装质量问题，请与本社图书销售中心调换。电话：010-65233595

主要登场人物

亚尔斯兰……帕尔斯王国的年轻国王

安德拉寇拉斯三世……前代帕尔斯国王，已故

泰巴美奈……安德拉寇拉斯三世之妃

达龙……帕尔斯武将，人称"战士之中的战士"

那尔撒斯……帕尔斯宫廷画家兼军师，前戴拉姆领主

奇夫……有时是帕尔斯廷臣，有时是"旅行乐师"

法兰吉丝……帕尔斯的女神官兼巡检使

耶拉姆……那尔撒斯的近臣

奇斯瓦特……帕尔斯大将军，别名"双刃将军"

告死天使……奇斯瓦特所饲养的老鹰

克巴多……帕尔斯武将，独眼的魁梧男子

鲁项……帕尔斯宰相

伊斯方……帕尔斯武将，人称"被狼养大的人"

特斯……帕尔斯武将，长于铁锁术

萨拉邦特……王都警备队长，膂力极强

加斯旺德……出生于辛德拉的帕尔斯武将

吉姆沙……出生于特兰的帕尔斯武将

古拉杰……帕尔斯武将，海上商人

亚尔佛莉德……轴德族族长之女

梅鲁连……亚尔佛莉德的哥哥

席尔梅斯……继承了帕尔斯旧王室血统之人

拉杰特拉二世……辛德拉王国的国王

吉斯卡尔……鲁西达尼亚王国的王族

波坦……依亚尔达波特教教皇

卡鲁哈纳……邱尔克王国的国王

荷塞因三世……密斯鲁王国的国王

右颊带伤的男子……密斯鲁客卿

古尔干……魔道士

目　录

亚尔斯兰的半月形

特兰

达尔邦内海

邱尔克

戴拉姆
迪马邦特山

赫拉特

帕尔斯军远征路线

培尔华沙城
恰斯姆城遗址

圣马奴耶尔城遗址

古加拉特要塞

克特坎普拉城

国都乌莱优鲁

王都叶克巴达那

帕尔斯

旧巴达夫夏领土

辛德拉

基兰

马拉巴尔

0   100   200   法尔桑

第一章　亚尔斯兰的半月形

I

狂风以无可抵挡的势头从旷野上席卷而过。风声忽高忽低，有时好似吹响的笛声，转瞬又仿若目不可视的巨兽沉声咆哮。风拍击着人马，将他们呼出的气息冻结成白雾。内陆的寒冬正严酷无情地统治着天地万物。

帕尔斯历三二五年二月。帕尔斯国王亚尔斯兰亲率两万军队踏上征途。他将王都叶克巴达那交由宰相鲁项和大将军奇斯瓦特留守，带着千挑万选的精锐部队越过了边境。他们的目的是去救援友邦辛德拉。辛德拉由于遭到了一支来自北部山岳地带、身份不明的面具骑兵团袭击，而向帕尔斯求援。

辛德拉国王拉杰特拉二世是亚尔斯兰的至交好友，情同手足的兄弟——在辛德拉国的文献上是这样记载的，但帕尔斯国的记载没有这么热情。在没有记载的地方，帕尔斯的将士对主君情同手足的兄弟颇有微词。

"辛德拉的国王又应付不了困境，来找我们的国王求救了。"

"这样下去，帕尔斯军简直就像辛德拉的佣兵一样了。"

“佣兵都比我们好，我们可是白干啊。也该让那个恬不知耻的国王尝尝辛苦的滋味了吧？”

尽管帕尔斯人抱怨连天，但一旦十八岁的国王下令出兵，他们是无法拒绝的。不仅如此，让他们留守后方，会更加不满。帕尔斯人对自己的骁勇充满了自信，事实上，他们在国王亚尔斯兰麾下也从未尝过败绩。

那尔撒斯遵照国王亚尔斯兰的旨意，拟定了出兵计划。他是帕尔斯全军的军师，以足智多谋名扬天下。听闻辛德拉国前来向帕尔斯求援，他在国王面前摊开一张巨大的地图，开始讲解。

“我们不必为援救辛德拉而派兵前往。邱尔克的正规部队极有可能已经聚集在南部国境，就等着我军赶赴辛德拉。”

亚尔斯兰点了点头。

“他们打算在我军渡过卡威利河进入辛德拉国境时，一举挥兵南下，断我军后路吗？”

“正是如此。”

那尔撒斯颇为欣喜。身为亚尔斯兰的军事教师，他很高兴爱徒的洞察力有了明显成长。

“可突袭邱尔克的话，我们就要同时面对险峻的山岳地带和严阵以待的正规军了，只怕不会轻松取胜。”

提出这番意见的是名震四方的勇将达龙，据说爱哭的孩子听到“帕尔斯的黑衣骑士”之名也会安静下来——顺带一提，据说爱哭的孩子听到“帕尔斯的宫廷画家”之名还会破涕为笑，只是其中的奥妙外国人就有所不知了。

"很有道理。但是不必担心，我们会穿过特兰境内前往辛德拉。"

"穿过特兰境内？"

亚尔斯兰大吃一惊，但立刻心领神会。那尔撒斯的计划看似标新立异，实则完全合理。如果席卷辛德拉的面具军团真如那尔撒斯所推测的那样是由特兰人组成的，那么他们的祖国应该会完全处于无人防守的状态。即使帕尔斯军进攻，也不会受到任何敌军阻挡。毫无疑问，邱尔克一定会对北面的特兰掉以轻心。

"穿过特兰境内，正像字面所示如同走过无人的荒野，不会无谓地浪费时间。请吉姆沙将军担任向导的话，还能再节省更多时间。"

吉姆沙来自特兰，目前在亚尔斯兰宫中任职。的确没有任何人比他更适合担任向导了。

"好的，就依那尔撒斯的计划行事。"

亚尔斯兰答道。但有一件事让他放心不下——帕尔斯军要穿过特兰和邱尔克境内，不是需要一个名正言顺的理由吗？

那尔撒斯答道：

"假设邱尔克国和面具军团毫无关系，那么面具军团就是一群从边境入侵，危害无辜百姓的法外暴徒，讨伐他们才是正义之举。邱尔克国定然会欣然协助我们才是。"

那尔撒斯自己也明白这套说辞的逻辑有多么牵强，然而在外交和战略领域，这已经足够了。面对邱尔克国王卡鲁哈纳这种棘手的对手，一味拘泥于形式上的正义只会陷入不利的境地。

亚尔斯兰唤来刚从邱尔克回国的奇夫，他是曾与卡鲁哈纳王面对面交谈过的证人。

"奇夫大人，邱尔克国王的为人如何？"

听得亚尔斯兰此问，奇夫的眉头和嘴角瞬间扭曲了。

"是个讨厌的家伙。"

亚尔斯兰眨了眨眼，那尔撒斯不禁笑出声来。过去，在辛德拉国王拉杰特拉二世登基之前，那尔撒斯曾提起邱尔克国王之名当作外交工具。当时，拉杰特拉不悦地表示"我从来没听说过邱尔克国王是一位豪杰"。看来奇夫与拉杰特拉所见略同。

面具军团和邱尔克国王关系匪浅。此事是通过奇夫的报告传到帕尔斯宫中的。奇夫一行人逃离邱尔克时，曾与面具军团交战。众人猜测，面具军团的指挥者或许正是帕尔斯旧王室成员——席尔梅斯王子。

在报告这一点时，奇夫非常谨慎。

"据我观察，此人作为战士的技术和魄力足以和席尔梅斯殿下匹敌，对士兵的指挥也有条不紊，非常出色。"

"你是说，就算是席尔梅斯本人也不奇怪？"

"正是。"

奇夫虽未断言，心中却十分确信。世间能与自己势均力敌，甚至实力凌驾于自己之上的剑士并不多见，更何况那人用的还是帕尔斯式剑术。

"看来那位仁兄也不适合'平静的余生'这种台词啊。"

达龙轻声自语道。席尔梅斯曾为夺取帕尔斯的王位而伺机加害过亚尔斯兰，还杀害了达龙的伯父巴夫利斯。然而，当席尔梅斯离开帕尔斯时，达龙放弃了为伯父报仇的念头。但要是下次在战场上相见，达龙必将与他决一死战。

亚尔斯兰从座位上站起身来。

"立刻进军！向北迂回，穿过特兰领土，经由邱尔克领土前往辛德拉！"

就这样，名为"亚尔斯兰的半月形"的作战计划被确定了下来。帕尔斯军的进军路线由王都叶克巴达那北上，然后向东，再向南进军，呈巨大的半圆形，作战计划由此得名。

在为国王亚尔斯兰亲征进行准备的同时，那尔撒斯指示克巴多、特斯两位将军将人马集结于东部边境培沙华尔城。因为邱尔克军认定帕尔斯军必然会渡过卡威利河，向辛德拉进军。帕尔斯军做出符合邱尔克军"预期"的行动，便可吸引他们的注意力。

就这样，帕尔斯军匆匆开始了行动。

面具军团踏着雪，比帕尔斯军早一个多月，由邱尔克南下前往辛德拉。率领一万特兰士兵的正是银面公子，即帕尔斯旧王族席尔梅斯，其麾下军纪如山。

"区区这等雪山都无法翻越者死！我军不需要孱弱的士兵，跟随我的只有能活下来并凯旋的人。"

特兰人毫不迟疑地遵从了席尔梅斯残酷的命令。他们别无选择。为了活下去，为了不让故乡的家人挨饿，他们只能穿越严冬的雪山，闯入辛德拉国。这是辛德拉国民的无妄之灾，但特兰人已经顾不得同情。

特兰人除去山路上的积雪，凿开冰块，向前进发。山路夹在两面高耸断崖间，正好形成了一条北风的通路，咆哮的气流仿佛要将人与马一起吹飞——事实上已经有人被狂风卷走，跌落于幽深的谷底。特兰人用皮绳将彼此的身体系在一起，相互扶持着向前。他们靠着对辛德拉丰饶田园的想象，以及对尽情践踏它们的期待，竭力忍耐着寒流与疲劳。不久后，他们的努力得到了回报。头顶上的雪云消失无踪，只见万里晴空，和煦春阳洒满大地，一片无边无垠的浅绿色原野铺开在眼前，仿佛沐浴着阳光正在小憩。

"看啊，辛德拉这片从未经历过冰雪的肥沃土地已经展现在你们面前了。在这里尽情驰骋吧，随心所欲地掠夺吧！"

在席尔梅斯的煽动下，特兰士兵狂野地欢呼着策马狂奔。近乎疯狂的喜悦令他们忘记了这十五天来的辛劳。

辛德拉的灾难，就此拉开了序幕。

II

辛德拉国王拉杰特拉二世得不到帕尔斯人的信任，却颇受本国民众爱戴。虽然没有特意进行过什么改革，但他向百姓征收的租税不算高昂，任命地方官时也很用心，又会奖励行善之人。因此，在他的统治下，农民过上了还算悠闲的生活。

然而这份和平被突如其来地打破了。正在田地里侍弄着冬麦的农民听到大地隆隆作响，惊愕地望向北方，此刻大片沙尘已然逼近眼前。

银色的面具反射着不祥的光芒，直刺农民双眼。一片辛德拉语的惨叫响起，又戛然而止。农民张大着嘴巴，首级飞上了天空。

这是一场血腥的见面问候。不幸的农民失去了首级，辛德拉的田园也同时失去了和平。一群身份不明的侵略者接连不断地挥刀砍向四散逃窜的农民，放出带火的箭矢烧毁农家，还纵火焚烧麦田。火光和浓烟直冲天际。驻扎在附近村庄的五百名辛德拉士兵见状立即赶来。他们遇到了一支诡异的面具军团，大为惊讶。然而一名曾见过特兰军的士兵向队长报告道：

"看他们骑马的动作、骑射的身手，外加马上的剑术，无论从哪个角度都想不出特兰人之外的可能了。"

"为什么特兰人会从邱尔克出击？一定是哪里搞错了。你再仔细看看。"

疑惑进一步加剧了辛德拉军的混乱。面具军团扑向他们，毫不留情地纵火、杀戮。五百名辛德拉士兵全军覆没。其中大部分人战死，一小部分人乞求投降却不被理睬，惨遭杀害。受伤倒下的人就那样被丢在原地，最终死于失血过多或伤口化脓。幸免于难的只有三个人，他们竭力奔逃，终于抵达了一座名为强贝的城市，报告这群可怖的侵略者的相关情况。

强贝的城司是一位名叫帕鲁的老人。他是一名文官，负责收取租税和审判案件，并没有指挥战斗的能力。他暂且先命令警卫队长率领八百名士兵出动，但没过多久就收到了全军覆没的报告，登时瘫倒在地。原本只要关上城门，坚守城内就好，但还不等他做出决定是否收容农民进城，敌人已经闯入了城中。帕鲁老人被推下城墙摔死，杀戮和掠夺充满了全城。

面具军团的行动极其迅猛剽悍，且作为掠夺者贪婪而残忍，令人不由得联想起严寒地域的强风。某个大商人在双手十指上戴了二十枚高价的戒指，为他招来了杀身之祸。在掠夺者离开后，人们在他的宅邸里发现了双手被砍断的尸体。

辛德拉将军亚拉法利率两千骑兵和一万五千步兵与面具军团展开正面交锋。他们竭力战斗，却是以卵击石。亚拉法利布下阵型，还在思考如何应战时，面具军团已经以常人难以想象的速度袭来，马蹄将步兵冲得七零八落。骑兵匆忙出动，却平均每人遭到三骑敌人围攻，坐骑被长枪刺中，连人带马一同跌翻在地，又被扎了个透心凉。尚未数到一千，辛德拉军便在鲜血与沙尘中分崩离析，亚拉法利好不容易才勉强逃离了战场。

获胜的面具军团一心只顾掠夺，才让亚拉法利捡回了一条小命。惨败的亚拉法利无法直接逃回国都乌莱优鲁，于是悄悄返回战场，探查面具军团的状况。他发现蒙面的士兵们在强贝城内外不断掠夺，相互起了争执，彼此怒目圆睁，拔剑相向。

"那时，我目睹了一幅令人毛骨悚然的景象。"

亚拉法利向拉杰特拉王报告道——只见一名戴着银色面具、身披奢华刺绣披风的骑士策马走进掠夺者之中，停在另一个抱着满怀财宝的银面具面前。他一语不发，也不容对方辩解，手中长剑一声呼啸，水平扫出。戴着面具的首级登时飞上天空，再骨碌碌地打着转落下地去。其剑锋之凌厉，令亚拉法利观之胆寒。

"仿佛被寒冰编成的长鞭兜头抽下一般，蒙面的士兵们又重新恢复了规律和秩序。"

掠夺而来的财宝和物资被堆放在一处固定的场所。其中一半被装上了牛车，另一半则被分给了士兵。没有一个人提出异议。单是看着这幅光景，亚拉法利便认识到了此人的领导能力。

"原来如此，此人着实可怕。"

拉杰特拉呻吟道。只听这些描述已经足够想象到，面具军团的总司令作风似乎极其严厉。拉杰特拉不得不警觉起来——他们并不仅仅是一群强盗。

"那么，此人的确是特兰人了？"

"也有可能是邱尔克人，我不确定。"

亚拉法利从未听过席尔梅斯的声音，因此无法断言。拉杰特拉不解地偏了偏头。

"可是，特兰人为何会从邱尔克边境出兵呢？邱尔克全国也不可能已经被特兰人统治了啊。"

事实或许正好相反——拉杰特拉得出了结论。只怕是邱尔克国试图利用特兰人来扰乱辛德拉的视线吧。

"真是不顾昔日情谊啊。以前，三国还是打算联手消灭帕尔斯的战友，如今怎能掉转矛头袭击我国呢？怎样都要袭击的话，回归初衷去袭击帕尔斯不就好了吗？"

说法虽然自私，但拉杰特拉几乎已经看清了事情的真相。虽然他没能猜到面具军团的总司令竟是帕尔斯旧王室成员，但他毕竟不是全知全能的神明，猜不到也是理所当然。这已经超出了想象的极限。

总之，拉杰特拉下令驻扎在国都乌莱优鲁的所有部队做好出战准备，但在这段时间里，失败的战报依然接连不断地传来。就算拉杰特拉再不情愿，仍然不得不承认面具军团的强大。既然如此，他打定了一个主意——让强大的同伴去与强大的敌人作战。拉杰特拉有一位可谓情同手足的至交好友，他麾下聚集了世间罕见的猛将和智将。

拉杰特拉一边在三位美丽侍女的帮助下穿戴好盔甲，一边召来书记官，口述了一封写给亚尔斯兰的信。

拉杰特拉派使者日夜兼程赶往帕尔斯，同时又派了一名使者前往邱尔克质问："一群来自邱尔克边境的武装分子正在我国境内烧杀抢掠。贵国不会与此事毫无瓜葛吧？"

即使真相一眼就能看穿，这名使者也是有必要派遣的。邱尔克肯定会回答"绝无此事，我国对此毫不知情"。只要得到这个答复，要如何处置面具军团便是辛德拉的自由了。这就是外交。

可是，拉杰特拉派去的使者却没能面见邱尔克国王卡鲁哈纳。他刚刚越过国境，便下落不明——事实上，不幸的使者落入了邱尔克军的手中，在卡鲁哈纳王的指示下，被秘密杀害并掩埋。邱尔克国王卡鲁哈纳也不愿接见使者，落人口实。

拉杰特拉的信函于一月中旬被送到亚尔斯兰手中。此时新年庆典已然结束，帕尔斯正准备迎接春天。于是，亚尔斯兰与军师那尔撒斯等人商谈后，决定组建辛德拉救援军。

"哎呀哎呀，陛下还是要御驾亲征吗？"

"没办法，陛下的性格就是这样的。"

"可是，总觉得我们就算从辛德拉国拿来两三个州当谢礼也不为过。"

"拿了可是会后患无穷了。真是的，对辛德拉国王那种人最好的办法就是别管嘛。"

萨拉邦特和伊斯方议论道。然而，依那尔撒斯看来，拉杰特拉一旦被亚尔斯兰抛弃，一定会当即倒向敌方。他是个很可能对面具军团说出"放过我国去抢劫帕尔斯如何？需要的话我可以帮忙"这种话的人。况且也有必要趁此机会给予邱尔克沉重一击，探明卡鲁哈纳王的真实面目。

另一方面，也可能有人趁国王不在的这段时间，在王都叶克巴达那引发骚乱。那尔撒斯考虑到了这一点。因此平时由宰相鲁项执掌政务，非常时期则由大将军奇斯瓦特担任指挥。萨拉邦特则负责协助奇斯瓦特。这样就应该万无一失了，但那尔撒斯仍然安排好了意外发生时的应对方案。

"与其徒留火种隐患，不如让它烧起来更容易扑灭。索性制造一场火灾说不定也不错。"那尔撒斯本人如是表示，但他的好友并未按字面理解他的发言。

"你的本意是如果骚乱没有爆发，那就宁可故意引发它也要享受一番？"

"真是天大的误会。我是一个热爱和平与艺术的文化人。你这种人不懂，连天上的众神都会赞赏我。"

"我看是众神也想发牢骚吧。"

那尔撒斯无视黑衣骑士的挖苦，拟定了所有可能需要的应对方案。

辛德拉救援军只有两万人，但无论士兵还是马匹都经过精挑细选，随行的也尽是那尔撒斯、达龙、奇夫、法兰吉丝、耶拉姆、亚尔佛莉德、加斯旺德、伊斯方等值得信赖的将领。梅鲁连作为机动部队留在国内。他能够凭自己的判断，率领轴德族精锐部队展开行动，是一位尤其珍贵的人才。

奇夫、耶拉姆、加斯旺德与梅鲁连皆对邱尔克地理熟稔于心，毕竟外交使节这份职业，自然会同时肩负起侦查敌国的任务。而对方明知如此，仍会散布各种假情报。外交永远是一场情报战。

这一仗，对加斯旺德而言也是一场保卫祖国免遭无法无天的掠夺者践踏之战，所以他斗志昂扬地做起了出阵的准备。亚尔佛莉德和耶拉姆一边拌着嘴，一边召集士兵、挑选马匹、清点弓箭，整理好装备。老鹰告死天使也在亚尔斯兰身边，用喙梳理起羽毛。

只有一个人有些无精打采，那就是流浪乐师奇夫。奇夫不太情愿动身去邱尔克。他原本打算在叶克巴达那城里优哉地打发时间，等待春天来临。

"那种国家谁要去第二次啊，根本不值得奇夫大人亲自出马。"

此前的邱尔克之行奇夫连一个美女都没能遇到，他仍在耿耿于怀。亚尔斯兰从耶拉姆处听得此事，笑着捋起头发调侃道："整个邱尔克国不可能一个美女都没有。一定是大家听说奇夫大人来了，全都关起门，屏住呼吸，躲起来了。"

"我也这么觉得。不过，奇夫大人这次似乎不打算从军。感觉他大概要在叶克巴达那的妓院里一直待到春天。"

"这真是太遗憾了。法兰吉丝小姐不能与他同行，想必会很寂寞。"

亚尔斯兰口气漫不经心，收效却是极好。从耶拉姆那里听到国王这番话的奇夫当即一跃而起，嘴里边嘟囔着"陛下的鬼点子真是越来越多了"，边开始准备从军出征。

III

正如那尔撒斯先前所预料到的那样，帕尔斯军策马驰骋在特兰平原上，一路上没有遇到任何人的阻拦。特兰平原上原本星罗棋布的河流湖沼有时也会妨碍马儿的步伐，但此时它们都在严寒中冻结成冰，帕尔斯军可以在冰面上奔驰前行。

短短十天，帕尔斯军就穿过了广袤的特兰领地，望见了南方层层叠叠的银色山岳地带。他们终于要抵达邱尔克了。

"我们连特兰人的影子都没见到呢。"

听闻达龙此言，亚尔斯兰有些担心特兰人。他并不是认为己方会遭到攻击，而是看着那片荒凉的冬日原野，同情起了特兰人的窘况。

"老弱病残饿着肚子，实在是太可怜了。不能把储备的粮食分一些给他们吗？"

从未违背过亚尔斯兰命令的达龙，这一次却没有立刻回答"遵命"。

"恕臣直言，陛下，您这只是一时的慈悲之心，而且还有可能产生反效果。"

达龙想得比较远。向特兰的弱者伸出援手固然是一件好事，但这会不会导致己方日后陷入困境呢？况且，受人怜悯或许会令自尊心颇高的特兰人感到屈辱，反而出手攻击——即使情形不至于如此严重，他们还是有可能拒绝接受援助。

"对弱者的怜悯是一种最珍贵的情感，臣是不会阻拦陛下的。"那尔撒斯说道，"只是，臣那尔撒斯生性狡猾，想要有效地利用陛下的善意。如果真的都要给他们粮食的话，就以从特兰过境的名义，作为过路费支付吧。"如此一来，特兰人应该比较容易接受——这是那尔撒斯的意见。

达龙偏了偏头："要是仍然不接受怎么办？"

"那是他们的自由。善意不一定要被接受，对方也有拒绝的权利。不过，现在还是先来考虑怎样才能实现陛下的心意吧。"

那尔撒斯下令准备了大量药品，包括在不同环境的地区饮水所需的过滤工具。此外还有肠胃药、预防冻伤的药膏、防备强风和沙尘的眼药。准备了最多的则是"让冻僵的身体从内部温暖起来的药"，也就是葡萄酒。

那尔撒斯命人在路旁搭起帐篷，把药品和粮食一同放在帐篷里，并留下一封以帕尔斯语写成的信："这些物品是允许我们从贵国领土上通行的酬谢"。

特兰人不喜欢收受他人的恩惠，凭借力量和勇气从对方手里夺取才是他们的夙愿。然而现实是冬季将近，粮食短缺，千里迢迢赶赴邱尔克的男人们短时间之内又回不来。单凭留在国内的老弱妇孺，完全无法对抗全副武装的帕尔斯军。于是，他们只得目送帕尔斯军穿过国境，但帐篷里留下的那些粮食大概能让他们度过这个冬天了。

身为特兰人的吉姆沙将军对此事只字未提，但他心中想必百感交集。

帕尔斯军在绯红色的夕阳余晖中挥兵南下。他们的铠甲和刀枪散发出耀眼的光芒，仿佛一片比夜幕更早降落在地面上的繁星。

驻守在邱尔克北部边境的士兵约有三千人。他们做梦也想不到敌人会在这种时候从北方入侵，所以他们只是做做防守的样子，完全放松了警惕。

帕尔斯军是在黎明时分越过边境的。邱尔克兵在夜间还会保有一定程度的戒心，但到了清晨第一缕阳光洒向大地的时刻，他们便会放下心来，心中想着"哎呀，今晚也是太平无事"，然后从瞭望塔回到宿舍去了。虽然早餐之后他们还会返回瞭望塔，但敌军就在这一瞬间乘虚而入。吉姆沙率领的一百名士兵翻过城门所在的高墙，从内侧打开了大门。接下来几乎就是不战而胜了。

接到帕尔斯军入侵的报告，身在国都赫拉特的卡鲁哈纳王大为惊愕。

"竟然会从北边过来。帕尔斯那个黄口小儿，还真是不简单啊。"隔了良久他才说出这句话。

尽管如此，卡鲁哈纳王最为不解的还是帕尔斯军通晓地理一事。他们一口气穿越了特兰与邱尔克的交界地带，完全没有迷路，着实令人难以置信。

这当然要归功于担任向导、为帕尔斯全军带路的特兰的年轻勇将吉姆沙，但卡鲁哈纳王完全没有想到这一点。他本人也会为侵略辛德拉而利用帕尔斯人和特兰人，却意识不到别人也会这样做。

卡鲁哈纳王从位于王宫顶层的书房下楼，走向谒见室。远远听到召集而来的书记官和将军们在窃窃私语。卡鲁哈纳王边走边琢磨着："帕尔斯那小杂种似乎还是个肯拼命的家伙，竟然穿过特兰、邱尔克两国进入辛德拉。不可对他掉以轻心。"

亚尔斯兰此番行程若以帕尔斯距离单位计算，应该足有四百法尔桑（约两千公里）。时值隆冬，又在异国他乡，条件如此不利，帕尔斯军的行进速度却快得惊人。或许他们明天就会侵入赫拉特了——国王的部下们难掩心中慌乱。

"陛下，究竟该如何是好呢？"

"请陛下下令！"

书记官与各位将军异口同声地请求国王作出指示。

卡鲁哈纳王在黑檀木桌上摊开邱尔克全国地图，伸出手指，逐条指着赫拉特山谷连接外界的六条山路。

"关上山顶上的要塞大门，一个帕尔斯兵都不准放进山谷来。

在每处要塞增调五千卫兵。严密监视帕尔斯军动向，再细微的变化都务必上报。"

卡鲁哈纳王的命令详细而具体。待众将匆匆离去后，卡鲁哈纳王单手抓着漆黑的胡须，继续凝视着地图，各种各样的念头从他的脑海中闪过。

"原来那人就是那尔撒斯吗……"

卡鲁哈纳王咕哝着。当他还是副王的时候，邱尔克曾与辛德拉、特兰两国结为同盟，大举入侵帕尔斯，总兵力多达五十万，饶是兵强马壮的帕尔斯军似乎也无法与之抗衡。然而，自从一个名叫那尔撒斯的无名小卒加入帕尔斯军后，不过数日，同盟军便土崩瓦解。他们不得不诅咒着帕尔斯的众神，灰头土脸地各自逃回祖国。

这场败战过后，邱尔克国内陷入了混乱，最终卡鲁哈纳王突破重重旋涡，巩固了自己的王权。此事影响极其深远。卡鲁哈纳不得不注意到那尔撒斯的名字。必须对此人小心提防。目前，帕尔斯军正沿赫拉特东侧的道路南下，但若是弱化西方的防守，或许就会被乘虚而入。于是卡鲁哈纳王加强了每一个方向的防守。

不多时，赫拉特与其周围的山谷化作了一座由巨大的岩石城墙包围的要塞，正如字面一般坚不可摧，足以抵挡强大的帕尔斯军持续数年的猛攻。只是这样一来，帕尔斯军虽无法入侵，邱尔克军也难以出战。这原本也无碍大局，邱尔克军只消固守谷底，静待敌人放弃进攻自行撤退即可。但这一次，卡鲁哈纳王却不肯善罢甘休。

卡鲁哈纳王当政期间，政局安稳，但这也仅限于他还活着的时候。他没有立下继承人，也无人与他分担国王的权限。卡鲁哈纳王是一个精明能干但猜忌心很强的独裁者，他不设宰相官位，亲自履行宰相的职责。从内政、外交、军事、审判到宫中大小事务均由他一人管辖，并向专职官员下达指示。

一国之君无法选定继承人，大部分情况下都是在数名候选人中犹豫不决，不知该选谁为好。五年前的辛德拉国正是如此。然而，卡鲁哈纳王并不是这样。首先，他从一开始就没有确立候选人。他有许多王妃，却从未专宠其中一人。虽与她们诞下了十个孩子，但不知为何全是女儿，没有儿子。他最年长的女儿年仅十五岁，尚未婚配。这位长女若要结婚，恐怕她的驸马就会成为继承王位的第一候选人了——宫中流传着这样的言论，但卡鲁哈纳王本人从未表露过自己的真实想法。

卡鲁哈纳王重新下令出战时，文武百官当即领命，唯有一人提出了异议。

"帕尔斯军的目的并非攻陷赫拉特，而是击退面具军团，解救辛德拉国于危机之中。只要我们继续封锁道路，死守谷中，帕尔斯军便会自行离开，向南进军。真的有必要刻意挑起战争吗？"

发言者乃是卡鲁哈纳王的堂弟，一位名叫卡德斐西斯的贵族。卡鲁哈纳王狠狠瞪了堂弟一眼。

"可是，如果再这样袖手旁观下去，席尔梅斯王子就会从背后遭到偷袭，面具军团将会全军覆没。"

"那不是很好吗？反正他们只是一群无家可归的异国流浪汉。"卡德斐西斯冷冷地说道，"要是被人发现我们邱尔克国在他们背后撑腰就麻烦了。臣以为，还是借帕尔斯军之手除掉他们比较好。"

"你可当不了国王啊，卡德斐西斯。"

卡鲁哈纳王以比对方更冷淡的口气断言。

"如果我们在这种时候抛弃席尔梅斯，以后不管哪国人都不会再帮助邱尔克了。过河拆桥，还有谁会助你？恪守信义才是一国之君的义务。"

卡鲁哈纳王说的不完全是实话。他不肯抛弃席尔梅斯，并不仅仅出于信义。这是称霸大陆全境的第一步，倘若畏惧一时的不利，留在国内裹足不前，卡鲁哈纳王的野心是无法实现的。

五万邱尔克军在邱尔克国与辛德拉国的交界处散开。他们打算待到帕尔斯军开始向东方进军，便一举南下，截断帕尔斯军的后路——正如帕尔斯军师那尔撒斯所料的那样。这五万大军与驻守在北部边境的三千士兵无论在数量上还是质量上都有着天壤之别。卡鲁哈纳王将大陆全境的霸权都赌在了他们身上。他们皆为万中选一的精锐战士，装备也极其精良。卡鲁哈纳王从国都赫拉特传令，命这支部队南下迎击帕尔斯军，将其全歼。

就这样，两军在邱尔克南部边境爆发了激烈冲突，史称扎拉弗利克山口之战。

IV

五万邱尔克军排成密集阵型守在大路处。大路以帕尔斯单位计算，宽达二十加斯（约二十米）左右。邱尔克兵在路上举起长枪和盾牌挤作一团，无法向左右散开，队形因此显得长而稠密。即使帕尔斯军冲入其中，也会被长枪和盾牌组成的障壁阻住，似乎无论如何都绝无突破可能。两军隔着一百五十加斯左右的距离对峙，一位名叫德拉尼的将军从邱尔克军中策马走上阵前。

"你们这群在僭王的脏手里吃完东西还不忘摇尾巴的帕尔斯狗，此次擅闯我国边界有何目的？"

在马上对帕尔斯军破口大骂的邱尔克将军没有时间再为他的出言不慎后悔了。法兰吉丝张弓搭箭，驱马上前，一语不发地松开了手中的弓弦。只见一道银色闪光径直射向邱尔克军，德拉尼将军随即翻滚着跌落马下。这一箭不偏不倚射中了他的人中。

邱尔克军瞬间陷入了一片死寂。他们都被法兰吉丝出神入化的箭术吓破了胆。与此同时，他们意识到了一个极其不妙的事实——冬天，风是从北方吹来的。狭窄的山路还构成了一条北风的通道，使气流速度加快，力度增强。也就是说，居于北侧的帕尔斯军射出的箭将会乘着强风的势头飞得更远。与此相对的则是，位于南侧的邱尔克军的箭会受到逆风的阻碍，射不到敌阵。

"这下可糟糕了。"

邱尔克军陷入了慌乱之中。若是考虑到弓箭战，从一开始就不该在南方布阵。但他们原本就驻扎在南侧，奉命迎击南下的帕尔斯军，这样就无计可施了。

"正如大家所见，敌军阵型密集，一射必中。放箭！"

法兰吉丝的声音随风传来，帕尔斯全军上下齐声欢呼，乱箭射向邱尔克军。一阵死亡的狂风朝邱尔克军袭去。邱尔克军躲在盾后，试图抵挡住这番攻势，却防不住从上方射落的箭雨。一旦举起盾，又会被瞄准脚下。

"哎，怎么会这样？暂且退后，先重整好队形！"

执掌邱尔克全军的主将名叫辛格，他麾下还有多古拉、迪奥、布拉亚格、席甘达等人，个个都是身经百战的猛将，但仅凭人类的智慧是无法抵御冬季狂风的。他们甚至没有机会反抗，便单方面沐浴在箭雨中，人与马匹不断倒毙在地。

"撤退，撤退！"

发号施令的声音也被风吹散了。邱尔克军阵形状如一条粗长的大蛇，命令难以传达。前方部队正要后退，后方部队却仍在不断进军。己方相互冲撞、争斗，场面一片混乱。

"别慌，镇静，不要乱了阵脚！"

拼命向部下发号施令的将军闻到了一股异样的臭气。箭矢乘着狂风飞来，其间还夹带着一些奇异的物体。那是几百颗黑色球体，身后还拖着红色的火焰尾巴。它们落在邱尔克兵中间，"砰"

的一声炸开，散发出大量黑烟与令人作呕的刺鼻气味。原来那是由硫黄、泥炭和毒草粉末搓成的球。

邱尔克军抵挡不住，只得节节后退。硫黄烟雾毫不留情地刺痛了邱尔克兵的眼睛、鼻子和咽喉，他们泪流不止，喷嚏连天，不断咳嗽，丧失了战斗能力。

这一天战斗结束时，邱尔克军战死者已达五千人，帕尔斯军却仅有二十余人受伤，无人阵亡。在大陆公路周边各国的历史上，如此一面倒的战斗是史无前例的。

邱尔克军好不容易才退了回去，撤进了筑在大路上的防御工事里。这座工事的地面上被钉进了三层木桩，可以阻挡帕尔斯骑兵冲锋。躲进此处的辛格把众将召集起来，在帐篷里召开了作战会议。

"岂能……就此……善罢……甘休……一定要……给这些……帕尔斯人……一点儿颜色，看看！"

辛格说得断断续续，边说边不断喷嚏咳嗽，听起来毫无气势可言。

"您说得一点儿都没错。他们的战术卑鄙无耻，绝对不能轻饶。"

多古拉附和道。他的双眼也被烟雾熏得泪流不止，泪水已经浸透了他手中的密斯鲁麻布手绢。邱尔克的将军们态度严肃认真，但若被帕尔斯人看到，想必会狠狠嘲笑一番。布拉亚格被烟熏伤了鼻黏膜，鼻血和鼻涕流个不停，只能仰面朝天，躺在地面上铺着的羊皮上。他无法用鼻子呼吸，只好大张着嘴巴。邱尔克首屈一指的猛将沦落到这般境地，着实令人同情。

正因为明白自己的丑态，所以邱尔克人更加愤怒了。

"总而言之，我们根本没有输给帕尔斯人！"

"就是！就是！"

"别说输了，根本都没开战！"

"要是堂堂正正打一仗，我们怎会输给他们这些杂种呢？"

"是啊，我要把他们的尸体填满整个山谷。等着瞧吧。"

他们气势汹汹地打着喷嚏、流着鼻涕、不断咳嗽，但现实是残酷的。纵然斗志未衰，可是究竟要怎样才能给"卑鄙无耻的帕尔斯人"一点儿颜色看看呢？邱尔克军完全丧失了地利，更难向帕尔斯军发起反击。

"卡鲁哈纳陛下从不容许失败，想来你们也很清楚戈拉布将军的下场。"

辛格语气沉重。去年，被帕尔斯和辛德拉联合部队击败并沦为阶下囚的戈拉布将军，在阶梯宫殿的某个房间里被处死。他是被一群身为战死者家属的少年乱剑刺死的。据说戈拉布将军的遗体上有八十余处刀伤。邱尔克的将军都不是懦夫，但他们听到戈拉布被处死的细节时，还是不禁毛骨悚然，脸上没了血色。这样死去，还不如战死沙场，死于敌人刀下。

"发动夜袭怎样？"

迪奥揉着充血的眼睛提议道。

帕尔斯军没有牺牲一兵一卒便大获全胜，想必会疏于防备。邱尔克军位于下风处，地势上虽然多有不利，但也有一个好处——即使发出很大的声响，也不会被上风处听到。应当趁今夜立即挑选精锐士兵潜入帕尔斯军营地，发动夜袭。

"这个想法听上去不错，但帕尔斯军想必也有所防备，不会那么容易得手。"

"话虽如此，但是就算等到天亮我们也无计可施，只会败在和今天一样的手段之下。除了先下手为强，别无良策。"

"确实是这样。发动夜袭干掉敌国国王，就一了百了。"

讨论得出了结果，辛格站起身正欲发号施令之际，他的左半张脸突然被染得一片鲜红。一瞬过后，邱尔克语的惨叫涌起。

"是火攻！帕尔斯军来了！"

将军们一跃而起，抓起剑冲出帐篷。

邱尔克军在火焰和黑暗的追逐下四散奔逃。三层木桩熊熊燃烧起来，伴着轰隆隆的声响向邱尔克军洒下火星。数以千计带火的箭矢从对面射来。地面上的烈焰掩盖了夜空中的星光，滚滚浓烟又遮蔽了火光，已经分不清是明是暗。

三层木桩在烈火中轰然倒塌，将邱尔克军与帕尔斯军分隔开的防御工事不复存在了。风愈发强烈地迎面吹向邱尔克军，火星狂乱飞舞，浓烟卷起漩涡。与夜风的呼啸一同响起的，是马蹄的奔腾。

"不要慌！一起举枪刺向帕尔斯军的战马！这样一来，区区帕尔斯骑兵就不足为惧！"

辛格将军的命令非常正确，但并没有传进士兵的耳里。不多时，他在一片混乱之中收到报告，席甘达将军已被帕尔斯的黑衣骑士一枪结果了性命。

"唔唔……没办法了。暂且先撤入辛德拉境内，在那里重整好军队，再对帕尔斯人发起复仇之战吧。"

邱尔克兵以咳嗽和喷嚏回应了辛格将军的决定。他们势如雪崩一般，拼命想要逃脱这片死亡与败北的深渊。其中有一半人连武器都没带便落荒而逃。他们推开同伴，从倒下的人身上踩过，一心只顾自己逃命。无论是勇气还是道义，此时都没有介入的余地。火焰和浓烟在仓皇奔逃的邱尔克兵身后穷追不舍，帕尔斯军的利刃和箭矢也毫不留情地向他们袭去。

随着黎明的降临，追击战暂且告一段落。帕尔斯军有约五十人阵亡于烈火与混战之中，而邱尔克军的阵亡人数则达到了这个数字的两百倍。勉强逃入辛德拉境内的邱尔克兵仅有三万五千人。他们丢弃了武器和粮食，战力相当于减少了一半。

亚尔斯兰在马背上环视着浓烟弥漫的战场，并慰劳全军将士。

"战局从一开始就完全按照那尔撒斯拟定的方案进展啊。"

无论共事了多少年，亚尔斯兰都无法克制那尔撒斯的足智多谋赞叹。那尔撒斯完全将固守赫拉特闭门不出的卡鲁哈纳王玩弄于股掌之间。卡鲁哈纳王绝不会眼睁睁地坐视帕尔斯军穿过邱尔克境内，一定会命令早已部署在邱尔克与辛德拉边境的部队前去迎击。那尔撒斯料到了这一切。

当"亚尔斯兰的半月形"这个作战计划被那尔撒斯制定出来，并得以准确实行的那一刻，帕尔斯军已经注定了最终的胜利——亚尔斯兰心想，那尔撒斯的惊人之处正在于此。战斗开始之前，那尔撒斯已经获胜了。

"卡鲁哈纳王也绝非等闲之辈，他应该很快就会察觉到己方处于不利的境地。或许他已经采取行动了。"

"他会怎样做呢，那尔撒斯？"

"就比如这样……"

那尔撒斯举了一个例子。在诸如扎拉弗利克周边这样的地形上进行战斗时，要居于优势，就必须借助风的力量。像帕尔斯军所做的那样，从上风处射箭并放火。而为了使这项战术发挥出效果，应当从北面发动攻击。想来卡鲁哈纳王会打开守卫赫拉特山谷的那几扇要塞大门中位于北侧的某一扇，从那里沿大路迅速南下，从背后袭击帕尔斯军吧。

"那就很危险了啊。那尔撒斯准备如何应对呢？"

"陛下您怎么看呢？"

面对那尔撒斯的反问，亚尔斯兰在马背上略微思考了一番。

"没有什么办法能抵挡住峡谷的狂风啊。而且，我们也只是在邱尔克领土上路过一下。还是尽快赶往辛德拉吧。"

"陛下实在英明。"

那尔撒斯笑着行了一礼，帕尔斯军就此确定了行动计划。达龙说道："不过，估计一进入辛德拉境内，就又要和邱尔克军打上一仗了。"

"他们也真是不走运啊。"

这一次，那尔撒斯的笑容变成了讥笑。邱尔克军丢下粮食，费尽千辛万苦才逃进了辛德拉境内，但那里早已被面具军团洗劫一空。三万五千名邱尔克士兵无处觅得粮食，一定会苦于饥饿。军师早已料到了这个结果。

V

在阶梯宫殿顶层的空中花园接到败报的卡鲁哈纳王，将银酒杯狠狠摔向遥远的地面，看来又有几名败将要被追究罪责了。

帕尔斯军轻而易举地粉碎了邱尔克军的抵抗，并以惊人的速度不断南下，仿若翱翔在空中的老鹰朝地面上的猎物径直俯冲而下。在卡鲁哈纳王接获败报时，帕尔斯军的先锋部队已经抵达辛德拉境内了。

卡鲁哈纳王不能一直沉浸在战败的悔恨之中。他必须做出决断——是继续屏住呼吸，藏身于坚不可摧的赫拉特山谷之中，静待帕尔斯全军抵达辛德拉；还是再次挥兵出征，从南下的帕尔斯军背后发起突袭？

赫拉特山谷中尚有十二万五千毫发无伤的邱尔克兵。北方的特兰已经无需防备，因此邱尔克立刻就能出动超过十万人的大军。

"这可不能置之不理啊。"

卡鲁哈纳王单手抚摸着置于书斋一角的狮子青铜像，轻声自语。臣下和人民对他虽无爱戴之心，却颇为敬畏。人们深信他是一位严苛却能干的独裁者。若对在扎拉弗利克遭到的败战置之不理，人们对卡鲁哈纳王的畏惧之心将会动摇，这自然也会影响到他身为一国之君的地位。

"不仅被帕尔斯军击败，还眼睁睁地放他们穿过邱尔克的领土。这固然是军队的奇耻大辱，可国王也太无能。"

卡鲁哈纳王能够想象这些流言蜚语在宫廷内外漫天飞舞的样子。虽然只要把侮辱国王者抓起来割掉舌头就行了，但在事态进展到那一步之前有必要防患于未然。

卡鲁哈纳王陷入了沉思，但也并未太久。他摇响桌上的铜铃召来侍从，命他唤来卡德斐西斯。卡德斐西斯正是那名向卡鲁哈纳王进言，建议他不要攻击帕尔斯军的贵族。此人平时不住在赫拉特，而是居住在位于自己领地的宅邸里，但他每年会前往国都一次，向国王进献礼物，与其他贵族应酬，向异国商人购入昂贵的商品，处理法律、土地以及税金等问题。这就是典型的邱尔克地方贵族的生活。卡德斐西斯领旨赶来跪倒在地，卡鲁哈纳王先开了口。

"总从你那里收到不错的礼物，着实要好好谢你。"

"陛下，臣不敢当。"

卡德斐西斯是卡鲁哈纳王最年轻的叔父的小儿子，与卡鲁哈纳王虽是堂兄弟，但年龄差近乎父子。卡德斐西斯刚满三十岁，身高与国王相近，眉毛与修剪整齐的胡须略带一丝茶色，人称邱尔克贵族社会中的头号花花公子。可惜他去年与来自帕尔斯的使者无缘碰面，倘若二人狭路相逢，只怕会彼此嫌恶。

若说邱尔克国内有人不怕卡鲁哈纳王，想必就只有这位卡德斐西斯了。每个人都在竭力遵从卡鲁哈纳王的旨意，唯有卡德斐西斯不同。他表面上恪守礼节，却常常我行我素地大唱反调。正因如此，这次他才会反对进攻帕尔斯军。

卡鲁哈纳王命他起身。

"卡德斐西斯，我直白地问你，你想要邱尔克王位吗？"

这个问题过于直白了，如果草率作答，脑袋绝对搬家。卡德斐西斯小心翼翼地答道："如果有可能的话，当然想要啊。只是……"

"只是？"

"我不想为此付出努力。我什么都不会做，只会坐等对方先过来搭话。这就是追求女人的秘诀。"

卡德斐西斯咧嘴一笑，试图用玩笑转移话题，但卡鲁哈纳王冷淡地无视了他的玩笑。

"你有情妇吧，五个还是六个？"

"您知道得真清楚，五个。有什么问题吗？"

"和她们断干净。国王的长女不能嫁给一个有情妇的男人。"

卡德斐西斯收起了面上的表情。迎娶国王的长女，就意味着被指定为王位继承人了吧——至少也会成为希望较大的候选人，这一点毫无疑问。自己原本就与国王是同族，年纪也正好合适。

卡德斐西斯脑海中随即浮现出了卡鲁哈纳王长女的身影。她外貌酷似父亲，身材颀长，面色青黑，瘦骨嶙峋——也就是说，她并不是一位美女。虽不了解她的性格与才华，但若有王位当作嫁妆，倒也无需拘泥于容貌。然而，卡德斐西斯无法轻易地高兴起来，他从这个提议中嗅到了一丝危险的气息。他很了解堂兄的性格，虽然绝非暴君，但处事冷酷无情，对权力有着过于强烈的欲望和执着。

"只是，我想见识一下你的才干。若能满足我的期待，我会给予你无上的奖赏。"

言下之意，是要对他进行一场测试。"来了。"卡德斐西斯心中暗暗警觉起来。卡鲁哈纳王似乎没有注意到他的心理——或是故作不知，他捋起自己长长的胡子。

"那些可恶的帕尔斯人竟敢放肆地横穿我国领土，目前似乎已进入辛德拉境内。放他们离去虽也无妨，但如果不惩罚他们一下，邱尔克将会威信扫地。"

"是陛下您自己的威信吧？"

卡德斐西斯没有把这句话说出口，只是恭谨地保持着沉默。

卡鲁哈纳王继续说道："因此，我命你即刻赶赴辛德拉，率军歼灭帕尔斯人。我将与长女衷心祝愿你凯旋。"

卡德斐西斯猛地咽了一口口水。

"请问这是正式命令吗？"

"是的，这是国王旨意。"

"既是国王旨意，为臣自当谨承圣意。"

卡德斐西斯措辞小心翼翼，却还是忍不住说道：

"如今再重新组建大军，准备补给，远征辛德拉，不会对国库造成严重负担吗？"

"你似乎没听清我说的话啊，卡德斐西斯。"

"啊？"

"我可没说让你领兵前往辛德拉。我说的是，抵达辛德拉之后率军。"

卡德斐西斯没能领悟到国王真正的意图。他观察着卡鲁哈纳王的表情，不想一句出人意料的话语传入了他的耳朵。

"辛格将军无能，败给了帕尔斯人，被赶入辛德拉境内。但他即使战败，应该还保有三四万兵力。你去担任总司令，统率这支部队与帕尔斯军作战。"

卡德斐西斯一声不吭地站在原地。

卡鲁哈纳王继续说道："你不需再多带一兵一卒。明天就立即动身前往辛德拉，与辛格等人会合。"

卡德斐西斯若能发挥将才，率邱尔克败军击败帕尔斯军，自然再好不过。反之，如果战败，便会与辛格等人一同被帕尔斯军杀死，这样就省下了肃清的麻烦。如果卡德斐西斯获胜凯旋被当成英雄敬仰，威胁到了卡鲁哈纳王的地位，到时再将其处决就好。万一卡德斐西斯承受不住使命的沉重而选择逃亡，那也不过只是少了一个接近王位的实权贵族而已。无论如何，卡鲁哈纳王都没有损失。

算计得还真是滴水不漏。不过，世上可没有这么便宜的事。既然你打起了如意算盘，那么我也另有打算。日后你可不要后悔。

——卡德斐西斯心中暗想，却没有说出口，只是再次跪下身去。

"容我直言，这份旨意的确很是严苛，但身为臣下，绝无可能悖逆圣意。臣将立即赶往辛德拉，尽绵薄之力为陛下效劳。"

事已至此，再在赫拉特久留也毫无意义。若是磨磨蹭蹭迟迟不动身，只怕会因违抗国王旨意而遭受惩罚。必须告别安稳的贵族生活了。

看着跪在地上的卡德斐西斯，卡鲁哈纳王微微眯起双眼，用针尖般锐利的眼神刺向卡德斐西斯。片刻过后，卡鲁哈纳王终于缓缓挑起嘴角。

"我衷心期待着你的表现，我忠诚的堂弟。"

……于是，邱尔克贵族卡德斐西斯大人，比帕尔斯军晚五天踏上了辛德拉的领土。

第二章　旌旗流转

I

　这年三月，辛德拉国西北部地区游荡着好几群来自异国他乡的不速之客。南国辛德拉的盛夏酷暑难耐，外国人都说"把辛德拉人的汗水淋在生鸡蛋上，立刻就会变成煮熟的鸡蛋"。与此相对的是，这里的冬季凉爽宜人，原野上处处鲜花盛放，绿草如茵，市场里堆满了水果和蔬菜，随处能见小孩子和水牛在树下午睡的身影。相较于特兰和邱尔克的严寒，这里可算得上人间乐园。

　然而这些异国客人来访辛德拉的目的并不是避寒。起初是一支古怪的蒙面骑兵团四处肆虐践踏村庄，辛德拉军随即追在他们身后。接下来又冒出了三万五千邱尔克军，也试图掠夺物资，但被面具军团洗劫过的村子已经连一粒麦子都不剩了。未能如愿的邱尔克军为泄愤一把火烧掉了村庄，悻悻离去。最后赶到的是帕尔斯军。与先前的几支军队不同，他们完全没有出手掠夺。

　帕尔斯军将邱尔克军辛格将军等人丢弃的粮食分给了辛德拉民众。得到粮食的民众喜出望外，对帕尔斯军挥手致意。但这么做也是有限度的，毕竟帕尔斯军也不能把自己的那份军粮全部分给民众。

"竟然把这里糟蹋成这样，这哪是军队，简直是一群强盗。"

亚尔斯兰望着被焚烧殆尽的农田和村庄，对面具军团的愤怒愈发强烈。若是军队所到之处，民众便要遭受苦难，军队究竟又是为何而存在呢？

与此同时，被帕尔斯军和北风逐出祖国的三万五千邱尔克军依然未能抓住幸运女神的裙摆。他们仿佛追随着面具军团的脚步般行进在辛德拉的原野上，但所到的每一座村庄都被面具军团劫掠一空。邱尔克军没能搜刮到任何粮食和财宝，听说追赶着他们的帕尔斯军把粮食分给民众，更是气急败坏。

"这些恶毒的帕尔斯人竟然故意把粮食分给辛德拉农民，以此拉拢人心。那些原本不该是我们的粮食吗！"

各种令人恼火的事情交织在一起，邱尔克军却无计可施。三万五千虽是一个庞大的数字，但在缺乏武器和粮食的状态下，很难发挥出与兵数相当的实力——更何况这个数字本身也在不断减少。饥肠辘辘的士兵对未来几乎不抱希望，遵守军纪的意志也逐渐薄弱。他们五十人一伙、一百人一群逃出军中，去袭击附近的村庄和城镇。

辛德拉农民也不甘心一味挨打。他们相互联系起来对邱尔克军发起反击，即使是一百邱尔克兵也敌不过上千手持自制棍棒、长枪的农民。正当邱尔克兵被逼得走投无路时，辛德拉正规军赶到，将他们一举全歼。即使邱尔克兵投降，有着侵略、掠夺之仇的辛德拉人也不肯饶恕他们的性命。这样的场面反复上演，邱尔克军转眼便折损了三千兵士。

"不妙，再这样下去全军就要土崩瓦解，融入辛德拉的黄土了。一定要想些办法才行。"

以辛格为首的邱尔克军焦急万分。一个想法浮上他们的心头——去占领某座城池，并死守其中。只要有了城墙和粮食，他们就能抵御住辛德拉军的攻击，也能与邱尔克国内以及面具军团取得联络。或许是国都赫拉特的地形所造成的心理影响，邱尔克军原本就有固守在某处大本营中，再以大本营为根据地展开行动的倾向。

辛格首先重整了全军的秩序。他逮捕了一百余名对现状有所不满、企图集体脱逃的士兵，公开处决。他向震惊到说不出话来的全军下令，三天内攻下附近的克特坎普拉城当作根据地。倘若没能攻下，邱尔克军全军便唯有化作异国他乡的黄土。

所剩无几的粮食被分给了全军将士。也有人企图带着分到的粮食逃走，却被一个不漏捉拿问斩。于是，全军将士只有下定决心，背水一战了。

三万死士就这样攻向克特坎普拉城。城中有一万五千士兵和五万民众，他们借助城墙的掩护，紧闭城门，死守城中，等待援军从国都乌莱优鲁到来。他们所采取的这种战术再正确不过，怎奈邱尔克军已是破釜沉舟，攻势凌厉至极。

城墙上大量的箭矢化作暴雨，向地面上的邱尔克军倾泻而下。邱尔克军举起蒙着山羊皮的盾牌挡住箭雨，挥动斧头和砍刀破坏城门。邱尔克军攻势猛烈，才将城门撕裂一条缝，便将长枪从缝隙中刺向辛德拉兵。他们将阵亡战友的尸体当作盾牌继续前进，不断执着地破坏着城门。

第三天破晓前，克特坎普拉城陷落了。辛德拉军还躲在城墙后面等待着援军到来，想着"不至于，不至于"的时候，败北已经降临在了他们的头上。邱尔克军从被摧毁的城门闯入城内，不分士兵还是民众，对辛德拉人展开了大肆屠戮。城主帕尔巴尼将军身负四十余处刀伤，最终战死，副城主纳瓦达与辛格交战二十余回合后惨遭斩杀。

邱尔克军监禁了两千男女当作人质，将其余人全数赶出城外。就这样，三万邱尔克兵获得了城池和粮食，得以休养生息，恢复力量。

辛格立即派使者追赶面具军团，命他们前来与自己会合。

使者花了五天时间，追上了走在前面的面具军团。接到这种毫不考虑对方感受的命令，席尔梅斯心里怒火中烧。

特兰军终究还是更擅长能充分发挥骑行机动力的野战，他们不擅长攻城，更不擅长守城。因此，席尔梅斯准备以"如风袭来，如风离去"的战术将辛德拉军反复玩弄于股掌之上，只要在最终的野外决战中全歼辛德拉军即可。

但邱尔克军派来使者对他说"一起躲进克特坎普拉城里吧"，

这令席尔梅斯非常意外，同时也颇为头痛。面具军团按原定计划行事已经取得了战果，席尔梅斯不认为事到如今还有必要再变更计划。更何况席尔梅斯乃是邱尔克国王的客将，没有理由遵从区区辛格将军之命。

席尔梅斯决定不去理会辛格的命令，但这其实并不容易。

面具军团中有五十名邱尔克人，正是卡鲁哈纳王派来担任监军的伊帕姆将军及其直属部下。监军的职责是作为卡鲁哈纳王的代理人记录面具军团的功绩并上报。不过，他们既不是副将也不是参谋，无权插手战斗的指挥、统率——正是卡鲁哈纳王向席尔梅斯这样明确表示过，席尔梅斯才肯接纳这批监军的。

"但小人是防不胜防的。"

监军的态度傲慢得令席尔梅斯不禁咋舌。他们倚仗国王的权势在军中狐假虎威，理所当然地拿走了一半掠夺品，而且似乎把应当上缴给卡鲁哈纳王的物资中的一部分也据为己有中饱私囊。向他报告这件事的是一个名叫布鲁汉的年轻部下，是追随帕尔斯国王亚尔斯兰的吉姆沙将军的胞弟。

"我们特兰人之中，没有一个人不憎恨这群监军的所作所为。"

事实正如布鲁汉所言。

"那群家伙的态度实在令人无法忍受。我们又不是邱尔克国王的家仆的家仆。"

"我们可没从他们手里拿到过一枚铜币，反倒把掠夺品的一半分给了他们。"

"等着瞧，我要给他们点儿颜色看看。"

特兰人相互窃窃私语着。

要把掠夺来的财物的一半献给邱尔克国王——起初双方是这样约定的，特兰人也毫无异议，可是被对方仿佛理所当然般拿走"好的那一半"，连一句感谢的话都没有，就很令人不满了。这群监军在激烈的战斗中总是躲在安全的后方，到了开始掠夺时又恬不知耻地冲到最前面。邱尔克人也许有自己的理由，但在特兰人看来，他们实在是太可恨了，甚至比他们的敌人辛德拉人还可恨。

"说到敌人，我究竟是否还憎恨着那个亚尔斯兰呢？"

席尔梅斯扪心自问。过去，他的确曾经对亚尔斯兰恨之入骨，杀掉他都无法泄愤，甚至想过要拔掉他的指甲，砍掉他的手指，活剥了他的皮，待他濒死时再把他喂给猛兽。后来，得知亚尔斯兰并非安德拉寇拉斯三世的亲生儿子，外加席尔梅斯自身境遇也有所变化，满腔的恨意就失去了出口。

"但是那小子身上的确没有王室血统，所以他是篡位者，是僭王。我才应当作为正统的国王君临帕尔斯，不是吗？"

若说席尔梅斯有什么痛处，就是在三年多前认可了亚尔斯兰继承王位。虽未公开声明，但他让亚尔斯兰留在了王都叶克巴达那，自己离开了祖国，从结果上来说构成了一种认可。

"倘若亚尔斯兰那厮倒行逆施，我当可成为救国之王。抑或在那之前，有其他机会出现。"

正当这个念头浮现在席尔梅斯脑海中时，布鲁汉来到他身边，口气苦涩地告诉他有客人来访。来者正是邱尔克监军伊帕姆。

II

"伊帕姆大人，劳您大驾前来，这是有何贵干呢？"

"我听到了一些无法坐视不理的传闻，席尔梅斯殿下。"

伊帕姆遣词用句彬彬有礼，但表情和语气颇为倨傲。在他看来，席尔梅斯只是"国王所豢养的区区一介食客"，特兰人更不过是一群连填饱肚子都成问题的流民而已。看着伊帕姆没有表情的面孔、狡诈的小眼睛，一阵厌烦涌上席尔梅斯心头。为什么卡鲁哈纳王会选择这种人担任监军呢——席尔梅斯多少也清楚其中缘由。卡鲁哈纳王猜忌心太强，所以比起能干，他更需要的是无条件服从。

"据说辛格将军派了使者来访。"

席尔梅斯点了点头，向他说明了情况。

"不知伊帕姆大人意下如何？"

"可否容我拙见？"

"请讲。"

一番言不由衷的客套话后，伊帕姆阐述了自己的意见。正如席尔梅斯所料，他希望全军能够尽早与克特坎普拉城内的邱尔克军会合，一并接受辛格将军的指挥。席尔梅斯回想起邱尔克宫廷中的人物关系图——辛格的妹妹应该是嫁给了伊帕姆没有错。

于是席尔梅斯故意问道：

"您认为我们前往克特坎普拉城与邱尔克军会合有何军事意义呢？"

"这是显而易见的。两军一旦会合，将会形成超过四万人的雄厚兵力，再以克特坎普拉为根据地宣示一番武力，定会把辛德拉国王吓得瑟瑟发抖。"

席尔梅斯一语不发。伊帕姆上前一步贴近席尔梅斯，距离近到几乎把气息吐到银面具表面上，更加热切地提议前去会合。席尔梅斯让他把想说的都说够，冷冷地拒绝了这个提议。

"我不去克特坎普拉城。"

"您，您说什么，席尔梅斯殿下！"

"我说我不去。谁会畏惧一群躲在城墙里的特兰兵？敌人只要封锁四周的道路，等待城内的粮食耗尽就好了。倘若让我席尔梅斯担任辛德拉军的主帅，一定会这样做。"

"……！"

"然后，等到他们终于饥饿难耐，出城攻击时，一举包围上去，将其一网打尽。接下来辛德拉只会越来越热，守城的条件会日渐恶化。伊帕姆大人若是担心战友，就应当派使者去忠告他们尽快弃城逃回邱尔克。"

伊帕姆倒抽了一口气。

"那么席尔梅斯殿下接下来有何打算？"

"不必说，自然是返回邱尔克。"

席尔梅斯干脆利落地抛下这句话。

"我们劫掠辛德拉西北部的目的已然达成，也已经发挥骑兵的优势拖着辛德拉军兜过一大圈了。没有理由再在这个国家久留了。"

席尔梅斯站起身来。

"辛格将军他们想固守克特坎普拉城随意。若是卡鲁哈纳王亲自下旨自然另当别论，否则我们没有义务遵从辛格将军毫不考虑他人感受的指示。还是说在邱尔克，一个将军擅自下的命令比国王的旨意更为重要呢？"

伊帕姆终于从喉咙里勉强挤出声音。

"你弃友军于不顾……"

"友军？！"

沐浴着透过面具射来的炽烈目光，伊帕姆不禁瑟缩了一下。

席尔梅斯的怒吼仿佛一道无形的鞭子抽向伊帕姆。

"将同伴陷于不利的境地，就是友军该做的事吗！使者从敌国境内穿过，平安抵达了这里。你想想这说明了什么吧！"

"说明什么……"

伊帕姆呓语般呻吟，但席尔梅斯已经不再理睬他了。他转身走向自己的坐骑，高声叫道：

"布鲁汉！多尔格！库特鲁米休！"

被叫到名字的三名军官当即奔向席尔梅斯面前，单膝跪下。

多尔格和库特鲁米休虽已年逾不惑，但他们都是身经百战的勇士，在士兵中声望颇高。三人都戴着面具，他们对席尔梅斯毕恭毕敬的样子映在伊帕姆眼中，完全是一幅异于寻常的画面。

"立刻拔营出发。好心的邱尔克将军们特意帮辛德拉军探明了我们的行踪。"

席尔梅斯说罢，三人一同望向伊帕姆。伊帕姆全身一阵寒战，但他同时也理解了席尔梅斯大发雷霆的缘由。辛德拉军只要派人暗中尾随来自克特坎普拉城的使者，便可得知面具军团的所在地。邱尔克军的所作所为，实在只能说是欠缺周全的考量。

拉杰特拉二世已经率军从国都乌莱优鲁出发了。兵力有三万，以骑兵和战车兵为主，外加五十头战象。出发前后，拉杰特拉一直在收集敌人的相关情报。于是，他虽不知席尔梅斯的姓名，但也得知了此人的存在。

只要除掉此人，面具军团便会失去领导，沦为一群普通的强盗。辛德拉军自然欲除之而后快。然而，在上百名戴着银面具的人之中，究竟谁才是他们的目标呢？

根据亚拉法利将军的证词，那人身披一袭"极尽豪华之能事的刺绣披风"，但只要他脱下披风便辨认不出了。拉杰特拉小心翼翼地窥伺着面具军团的动向。他发现了来自克特坎普拉城的使者，却并未在途中将其捉拿或灭口，因为他计划在面具军团赶往克特坎普拉城时将其彻底包围，一举全歼。既然不知道谁才是主帅，那就把戴面具的人斩尽杀绝吧。

然而面具军团行动迅速，拉杰特拉功亏一篑，没能截住他们。只见帐篷空空如也，土砌的暖炉里灰烬尚有余温。

"追丢了吗，真是可惜！"

拉杰特拉仰天长叹，心中颇是不甘。正在此时，一人策马靠近他的坐骑白马。来人正是效命于帕尔斯宫中的加斯旺德。

"拉杰特拉陛下，还请您不必担心。"

加斯旺德提高了声音。他奉亚尔斯兰之命先行出发，与拉杰特拉取得联系。

"吾主亚尔斯兰陛下已率大军抵达附近，区区邱尔克军不足为惧。"

加斯旺德心下明白，自己的任务不仅是与辛德拉军取得联系，还要监视拉杰特拉王的动向。当然，太露骨的监视会招致对方的厌恶，所以必须让对方相信，遵守对帕尔斯军的承诺对己方更加有利。

"我方军师那尔撒斯大人认为，万万不可阻住面具军团去路。那样面具军团必定会拼命战斗，对友军造成的损害会不断增大。绕到后方，把他们赶往克特坎普拉城才是上策。这是军师的意见。"

"嗯，我明白了。"

拉杰特拉点点头。敌人若是集中在克特坎普拉城，辛德拉军也更容易对付他们。一旦更多人守城不出，粮食也会更快减少。拉杰特拉绝非无能之辈，他迅速理解了那尔撒斯的战术。

无论如何都需要确认面具军团逃往何方，于是拉杰特拉暂停进军，派出了一名探子。而探子遇到亚尔斯兰军，则是半天之后的事了。

亚尔佛莉德和耶拉姆在亚尔斯兰身后闲聊起来。

"要是援军太迟赶到，拉杰特拉王说不定会改变主意。再不快点儿赶路，天知道会发生什么。"

"而且那位老兄最拿手的好戏就是出尔反尔，听说在大陆公路周边没人比得上他。"

"说话规矩点儿，辛德拉国王陛下大驾光临了。"

听到达龙的斥责，亚尔佛莉德和耶拉姆耸了耸肩。说起辛德拉国王坏话的时候，两人还是相当合得来的。

"喔，亚尔斯兰大人，我情同手足的兄弟。您竟在危急关头赶来拯救至交好友，实在不胜感激。"

拉杰特拉骑着白马一路小跑奔向亚尔斯兰，紧紧握住帕尔斯年轻国王的双手，脸上写满了感谢和喜悦。这绝不是表面上的逢场作戏——帕尔斯全军最精锐的两万人马前来增援，实在令人感激。要是能只靠口头道谢就将这份人情一笔勾销，就更令人感激了。

拉杰特拉注意到随侍在帕尔斯的年轻国王左右的达龙与那尔撒斯，爽朗地向他们打了个招呼。全帕尔斯首屈一指的勇将和智将勉强不至于失礼地向他回以寒暄。

"军师大人神机妙算，实在令人佩服。"

拉杰特拉高声称赞了一番，随即略微压低了声音。

"只有一处美玉微瑕，未免有些可惜。"

"您是指哪里呢，拉杰特拉大人？"

"哎呀，亚尔斯兰大人，是这样的。这次您率军途经特兰，从北侧入境邱尔克并穿越邱尔克整片国土进入辛德拉境内，实乃史无前例、令人惊叹的壮举。唯一的遗憾是，这个妙计不能再用第二次了。"

拉杰特拉自作聪明地窥视着那尔撒斯的表情，亚尔斯兰也惊讶地望着那尔撒斯。拉杰特拉指出的这点确实没错，邱尔克军做梦也想不到帕尔斯人竟会从北方进攻，轻而易举地突破边境，穿越了整片领土。然而，这个计策恐怕不能再用第二次了。今后，邱尔克国王卡鲁哈纳一定会加强对北方的防御，不会再给帕尔斯军奇袭的机会。这样一来，帕尔斯军不就相当于把重大作战计划暴露给邱尔克军了吗？

大约是与亚尔斯兰有着相同的想法，达龙也注视着那尔撒斯。那尔撒斯却沉着冷静地答道：

"拉杰特拉陛下所言极是，真不愧是一位英明圣主。"

受到赞赏，拉杰特拉心情愉悦地点了点头。

"不过，您不必担心。这一切都是遵从吾主亚尔斯兰陛下之命，为确保辛德拉的和平安定所作出的考量。"

"喔……"

拉杰特拉的表情仿佛在说，你卖什么人情啊？那尔撒斯没有理睬他，只顾继续说下去：

"我军既已采取过此种战术，邱尔克今后就必须维持对北方的戒备态势，再也不可能集结全部兵力大举南下，侵攻辛德拉国了。邱尔克国王的野心上，已经被钉进了一根无形的木桩。"

那尔撒斯堆起满脸笑容，恭恭敬敬行了一礼。

"对拉杰特拉陛下来说，实在是可喜可贺。"

"唔，嗯。这一切全拜亚尔斯兰大人和帕尔斯军所赐。"

拉杰特拉回答得落落大方，眼中却闪过一道稍纵即逝的警觉目光。那尔撒斯继续说道："如果邱尔克国王无论如何都想对辛德拉国发动全面侵略战争，便只能与我们帕尔斯修好，以排除来自北方的威胁。"

"……"

"当然，这种事情是不可能发生的。我们帕尔斯是绝不可能放任邱尔克军南下而坐视不理的。更不必说帕尔斯军与南下的邱尔克军遥相呼应，从西侧向辛德拉发起进攻了。这种事情是，绝对绝对，不可能发生的。"

那尔撒斯露出了一脸恶作剧般的笑容。

"那尔撒斯大人，不要说这么不吉利的话。"

亚尔斯兰苦笑着制止了那尔撒斯的唇枪舌剑。戴拉姆的前领主绝不是那种战术遭到辛德拉国王贬低后，还能保持沉默的人。

当然，那尔撒斯并不会仅仅因为驳倒了拉杰特拉就沾沾自喜。帕尔斯已经准备好了应对任何状况的策略——无论是维持和平还是开战，他必须反复让拉杰特拉明白这一点。

"哎呀哎呀，帕尔斯的军师大人还是这么毫不留情。"

拉杰特拉动作夸张地擦了擦额头上的汗水。

III

众人当场就辛德拉、帕尔斯两军今后的作战方针召开了会议。他们很快达成了结论，目前不急于攻击固守在克特坎普拉城中的邱尔克军。只要封锁四周道路，令其孤立无援，就可以慢慢收拾他们了。如此一来，无异于扣押了三万人质，还可将其当作外交筹码，与邱尔克国王交涉。

"他们要是一意孤行，就相当于让我们把那些人随意饿死了。"

拉杰特拉愉快地笑了。国内遭进犯的邱尔克军深入并占领了一座城池，原本很不光彩，但听过那尔撒斯的解释，拉杰特拉恢复了他的游刃有余。

"那么，我们的重点就在于面具军团了。"

拉杰特拉表情阴郁了下来。国王亲自率军紧紧追在面具军团身后，却依然徒劳无功。面具军团最大限度发挥了骑兵的机动能力，拖着辛德拉军四处兜圈。

那尔撒斯悠悠然开了口。

"面具军团兵强将勇、军纪严明，看似一支不可掉以轻心的劲敌，所作所为却和盗贼别无二致。等他们尽情掠夺到手中再也拿不下更多物资时，自然会从辛德拉离开。"

"哼，听起来好像挺简单，但他们的手大得很啊。要是坐视不管，辛德拉西北部一带就要变成寸草不生的沙漠了。"

拉杰特拉语气颇是苦涩。那尔撒斯和达龙交换了一下眼神，他们很清楚拉杰特拉想要的是什么。拉杰特拉想将面具军团不断赶往西方，最后渡过卡威利河，进入帕尔斯境内。

渡过卡威利河就是培沙华尔要塞，独眼猛将克巴多正守在那里，厉兵秣马严阵以待。两军可以前后夹击面具军团，让鲜血染红整片卡威利河面。只是一旦当真开战，帕尔斯军也难免伤亡惨重。尤其到时辛德拉军若是作壁上观，局面对帕尔斯军而言就荒唐透顶了。

那么，究竟如何是好？那尔撒斯正要开口，只听帐篷入口传来一阵对话声。负责守卫的加斯旺德探出头来，向他报告耶拉姆和亚尔佛莉德来访。

耶拉姆和亚尔佛莉德各自率领一百名轻装骑兵守在大路上，却发现了一名来自北方的旅行者——准确地说，是他们带在身边的老鹰告死天使发现的。旅行者一看到耶拉姆等人的身影便慌忙掉转马头，但亚尔佛莉德以迅雷不及掩耳之势射出了箭。这一箭射中了马儿的臀部，马儿受惊跳了起来，把背上的骑手甩了出去。耶拉姆冲上前去，举剑抵住旅行者的咽喉。旅行者束手就擒。

"事情有些怪异。"

耶拉姆说，此人自称邱尔克王族——邱尔克国王卡鲁哈纳的堂弟卡德斐西斯，要求以王族之礼相待。

"邱尔克的王族怎么会在这种时候在这种地方晃来晃去啊？"

听到达龙的疑问，拉杰特拉答道："至少我不记得我曾叫过他来。"

"要是他在王位之争中落败，和女人一起逃来这里，最后又被那个女人甩掉了，还算顺理成章，虽然有点儿缺乏情趣。"

奇夫信口开河编起了故事。在他创作的诗歌和故事里，女性总是会得到幸福，而男人只会走向灭亡。

亚尔斯兰走出帐篷，只见一片黑影从空中飘落而下，停在亚尔斯兰高高举起的左臂上。告死天使以鸟龄而言已经不再是雏鸟，而是壮年，但它对亚尔斯兰撒娇的姿态与三四年前无二。亚尔斯兰决定对告死天使这只鸟儿和耶拉姆、亚尔佛莉德二人论功行赏。话又说回来，卡德斐西斯究竟是个什么样的人呢？

"这人很有利用价值啊。"

听着达龙一副策士的口吻，亚尔斯兰颇是好奇："要怎么利用他？"

"啊？要考虑这个问题的当然不是臣，而是那尔撒斯。他肯定会描绘出一幅杰作的。"

在此之前必须先弄清这个自称卡德斐西斯的人的真实身份才行。这时，耶拉姆说了一句出人意料的话。

"陛下，我们说不定要拷问那个人了。"

"拷问？"

"对，那尔撒斯大人想出了一种新型的拷问方法。"

耶拉姆的表情仿佛在强忍笑意，那尔撒斯翻着白眼瞪向达龙。

"因为有人会胡乱猜测，所以需要事先声明，我是不会滥用艺术的，诸位大可放心。"

"那尔撒斯还真能记仇啊。"

亚尔斯兰笑了。他即位前，曾在去往南方港都基兰的途中俘获过一名海盗，为让那人招供，达龙恐吓他说，若被那尔撒斯画下肖像，将会遭到魔力诅咒而死。看来那尔撒斯仍对这件事耿耿于怀。

卡德斐西斯绝口不提来辛德拉的理由和目的，只是一味要求王族待遇。帕尔斯人也不能为此事浪费太久时间，便对他施以那尔撒斯式拷问，正所谓"假冒王族的不法之徒，快给我从实招来"。

被扒光了上半身衣服的卡德斐西斯仍在虚张声势，却无法掩饰惨白的脸色和尖锐的声音。他一双手腕被皮绳绑住，吊在大树的粗枝上，脚尖勉勉强强才够得到地面。

站在卡德斐西斯面前的是奇夫，他百无聊赖地看着卡德斐西斯，自言自语："军师大人也真是不够意思，我自打出生以来就没想过要做这么毫无意义的差事。"

奇夫右手拿着一把孔雀羽毛做成的小刷子，他动了动这把小刷子，开始在卡德斐西斯全身瘙痒。

疯狂的笑声响彻了帕尔斯军的营地。告死天使仿佛有些不耐烦地在亚尔斯兰的肩上摇着头，亚尔佛莉德则把脸扭向一边。

"留着胡子的男人不要扭来扭去的，真恶心。"

奇夫嘴里冷冰冰地说着，手中的羽毛刷却一秒都没有停下来。

"原来这就是那尔撒斯式拷问啊。"

亚尔斯兰苦笑起来。全身被长时间搔痒是一种世间罕有的痛苦，受刑者不但一滴血都不会流，还会笑个不停，看起来很是滑稽。卡德斐西斯强忍着折磨试图开口抗议，却只能发出这种声音："你们这些（哇哈哈哈哈）卑鄙无耻的（呜嘿嘿）帕尔斯人（咕哈哈哈）竟然用（唔嘻嘻嘻）这种肮脏的（噗嘻嘻嘻）手段（嘎哈哈哈）真是恬不知耻（喔咔咔咔）。"

纵然抗议得再悲壮都丝毫显不出帅气，只会徒增难堪的窘态。卡德斐西斯咬紧牙关，忍耐了许久"肮脏的拷问"，但那些"卑鄙无耻的帕尔斯人"还是不断轮流挠他痒痒，最后这位邱尔克王族终究是屈服了。

"我，我招，快住手……"

卡德斐西斯淌着鼻涕和口水呻吟道。此人本是邱尔克贵族里首屈一指的情圣，若让邱尔克女人看到这幅场面，想必会失望透顶。

卡德斐西斯招出了一切。只要他停下半拍，孔雀羽毛刷就会立刻刷上他的身体，令他无暇编造谎言。招供后，帕尔斯人给卡德斐西斯松了绑，把衣服还给了他，还一反先前的态度，以礼相待——当然并没有恢复他的行动自由。他们用皮绳拴住他的左手腕和左脚踝，交由加斯旺德负责看管。

"原来那位仁兄被卡鲁哈纳王变相流放了啊。可是卡鲁哈纳王为什么会这样做呢？无论最后怎样，他都不会吃亏吧。"

"大概是因为卡鲁哈纳王自己也没有完全确定方针吧。我觉得，他可能想等到事态发生某种程度的转变，再见机行事。"

"你准备如何处置卡德斐西斯大人呢，那尔撒斯？"

"别担心，卡德斐西斯本人会主动前来提议的。"

事实正如那尔撒斯所料。从拷问中解脱出来的卡德斐西斯恢复了平静，开始思考起自己的未来。他已经别无选择，只能借此机会获得帕尔斯和辛德拉的支持，夺取卡鲁哈纳王的地位。否则，他就只能在异国他乡四处流浪中度过自己悲惨的一生了。

"我得到邱尔克的王位。你们得到边境的和平安定。这对我们彼此来说，都不算太亏吧？"

卡德斐西斯提议道。穿戴整齐又平静下来的他全身散发着贵族气质，已经完全看不出是刚才那个流着鼻涕、几乎笑到断气的人了。

IV

听到卡德斐西斯的提议，拉杰特拉王有些困惑地偏了偏头。

"要是能把卡鲁哈纳王那么危险的人物赶下国王宝座，当然再好不过。可是我们也不能对把饼画太大的人太掉以轻心啊，亚尔斯兰大人。"

的确如此——达龙用力点点头。那尔撒斯虽然也点了头，但是在他心里，"信任"和"利用"还是分得很清的。正如达龙所说，他已经在心中描绘出了一幅图画，为此必须有效利用卡德斐西斯。

那尔撒斯得到了亚尔斯兰的许可，与卡德斐西斯一对一会面。卡德斐西斯久闻那尔撒斯的大名，心中有所防备，但一味防备也并不能改善他的处境。

"帕尔斯的军师大人，面具军团和邱尔克国王是我们共同的敌人，让我们齐心协力把他们全部歼灭吧。"

"那么先来证明一下你的诚意吧。"

那尔撒斯顺着他的话说了下去。

"先协助我们剿灭面具军团。大功告成的话，帕尔斯和辛德拉两国的国王都会成为你的盟友。"

那尔撒斯指示卡德斐西斯前去引诱面具军团。卡德斐西斯需要追上面具军团,面见他们的主帅,并向其传达"卡鲁哈纳王的旨意"——"即刻前往克特坎普拉城与辛格将军等人会合"。倘若面具军团遵从命令迅速赶往克特坎普拉城,便在必经之路上埋下伏兵,将其歼灭。

卡德斐西斯应允了,那尔撒斯便向亚尔斯兰报告了此事。

"陛下,请您仔细想想卡德斐西斯为何会在此时此刻来到辛德拉。无论表面上发生了什么,他与卡鲁哈纳王之间产生矛盾这一点是千真万确的。我们没有理由不善加利用这一点。"

亚尔斯兰偏了偏头。

"可是,就没有这种可能吗?卡德斐西斯从一开始就是受卡鲁哈纳王之命,把我们引入陷阱。虽然我觉得那尔撒斯已经充分考虑过这种可能了。"

"陛下您的担心非常有道理,臣到时另有计策。"

那尔撒斯平静地说完,拿出一个盒子。盒子是藤编的,通气性极佳,且能祛除湿气,常用于存放文件。那尔撒斯打开盒盖,从中取出厚厚的一叠纸。

"这些都是我让卡德斐西斯大人写下的亲笔信。"

那尔撒斯解释道。亚尔斯兰看不懂邱尔克文字,因此那尔撒斯一封封信向他进行说明。

其中一封信是写给卡鲁哈纳王的,内容为:"臣已抵达辛德拉，但邱尔克军被敌军困在克特坎普拉城无法接近。臣希望得到面具军团的指挥权用以营救邱尔克军，只是面具军团未必会听从臣的命令，因此希望获得国王的直接许可。"

"亲笔信共八封，其中约有一半能真的用上，给您看的便是其中一例。"

"不管卡德斐西斯写了什么样的信，卡鲁哈纳王都会相信吗？"

"他信也好，不信也罢。要是打算耍什么手段，我们也可将计就计。要是他们陷入犹豫、按兵不动，就不会对我方的行动造成妨碍。无论结果如何，都毫无损失。"

那尔撒斯将取出的信件重新放回盒子，交给耶拉姆，脸上浮现的表情比起策士，更像一个顽皮的小孩。

"其实，卡德斐西斯的信里写了什么都无所谓。不让他只写一封，而是八封，就是为了让他相信，其中某一封一定会被用到。"

"是还有别的目的吗？真符合那尔撒斯的作风啊。究竟还有什么目的呢？"

"陛下您觉得呢？"那尔撒斯反问。

他喜欢教育人的习惯又发作了，想让亚尔斯兰独立思考。年轻的国王沉思了片刻，终于意识到了一件事。

"对哦，目的是拿到卡德斐西斯所写的东西这件事本身吧。这样想来，得到他的笔迹，才是那尔撒斯真正的目的吧？"

"陛下英明。"

那尔撒斯拍手称赞起他的得意门生。

"只要知道了卡德斐西斯的笔迹，想伪造多少信件就能伪造多少。让我们给这位龟缩在赫拉特盆地一动不动的邱尔克獾子大人找点儿小小的麻烦吧。"

邱尔克獾子。从此之后，卡鲁哈纳王就得到了这个绰号。

那尔撒斯促狭地说罢，语气又恢复了原样。

"臣另有一事想请问陛下。此刻陛下身处异国，最担心的是什么呢？"

"我最担心卡鲁哈纳王突然对帕尔斯本国发动奇袭。倘若邱尔克军北上进入特兰境内，再沿与我军相反的路线从北方入侵帕尔斯，就麻烦了。到了那时，我们也只得立刻班师返回帕尔斯。"

达龙佩服地注视着年轻的国王，那尔撒斯深深行了一礼。

"陛下圣明，为臣钦佩之至。"

"别给我戴高帽子了。那尔撒斯早就注意到这一点了吧？"

"的确如此，但臣是可以另当别论的。"

听到那尔撒斯的大言不惭，达龙和耶拉姆迅速对望了一眼。那尔撒斯清了清喉咙，继续说道："邱尔克国王卡鲁哈纳是一位枭雄，不可掉以轻心，但也无须畏惧。虽然他拥有赫拉特盆地这个坚不可摧的根据地，但这一点反而限制了他的行动。"

那尔撒斯回头望向耶拉姆。身为亚尔斯兰同门师兄弟的年轻人心领神会地走向帐篷一角，从大盒子里取出一张从邱尔克到辛德拉北部的地图，在众人面前展开。

"如果卡鲁哈纳王怀有雄心大志，确实会按陛下所说的那样采取行动。然而，无论是从面具军团一事，还是从卡德斐西斯一事看来，卡鲁哈纳王的行动明显有其局限性。他总是躲在安全的赫拉特盆地闭门不出，试图靠发号施令达到目的。"

那尔撒斯用指尖轻敲着地图。

"所以，叫他獾子没问题吧。不管卡鲁哈纳王有多么野心勃勃，只要还抱着失败就钻进洞里的想法，他的阴谋就像一支没有羽毛的箭，飞不了多远。"

达龙手臂交抱在胸前，一言不发地点了点头。

"过了四月中旬，辛德拉就会进入蒸笼般闷热的炎夏，士兵们也要开始对远征感到疲惫了。在那之前，先从邱尔克军手中夺回克特坎普拉城，给这件事做个了结吧。"

那尔撒斯的口气轻描淡写，仿佛当盘踞在克特坎普拉城的三万大军不存在一样。夺回克特坎普拉城与其说是一个军事问题，不如说是一个政治问题。对拉杰特拉王来说，领土的一部分长期被外国军队占领是一件极其糟糕的事情。他向来重视自己在民众中的声望，所以必须展现出自己优秀的一面。虽然帕尔斯军会觉得"凭什么我们要拼上自己的性命去帮他博得欢迎啊？"，但这次出兵的目的原本就是为了支援拉杰特拉王，所以他们也无可奈何。

达龙和那尔撒斯从亚尔斯兰王面前告退。二人肩并肩走在路上，那尔撒斯开了口。

"至于面具军团，如果席尔梅斯王子足够明智，就不该理会克特坎普拉城内的邱尔克军，应该尽快返回邱尔克。毕竟他又没从卡鲁哈纳王那里接到去营救邱尔克军的命令。"

"他不会想去营救邱尔克军，卖他们个人情吗？"

"那是不可能的。他们带着掠夺的物资，已经无法继续战斗了。"

"但愿如此。"

假使帕尔斯军与面具军团交战并俘获席尔梅斯，大伤脑筋的反倒会是帕尔斯人。席尔梅斯毕竟是继承了前代王朝血统的贵人，达龙和那尔撒斯都曾效忠过前王朝，即使并非如此，礼仪也是需要遵守的。

一旦席尔梅斯与帕尔斯现政权为敌，又当如何应对呢？从政治角度来说只有一个答案——将他彻底击溃，不留东山再起的余地，最好能除掉他以绝后患。然而……

"亚尔斯兰陛下不是能做这种事的人。"

达龙和那尔撒斯都很清楚这一点。倘若在战场上兵戎相见，达龙会与席尔梅斯堂堂正正交手并将其斩杀，但亚尔斯兰想必不会好受。如果席尔梅斯能安于当一个宫廷贵族，在某处庄园悠闲度日就好了……

"拘泥于血统最终只会让自己的生活态度变得消极。因为血统只能代表过去的荣光，并不代表未来的可能性啊。"

那尔撒斯摇了摇头，仰面望向天空，告死天使的黑影正缓缓飞过风的走廊。

"卡鲁哈纳王被困在赫拉特盆地这座要塞之中，席尔梅斯王子也把自己封闭在一堵看不见的城墙里。如果没有血统的束缚，那位大人的人生一定会比现在更加积极吧。"

听闻此言，达龙加重了语气答道：

"他确实命运多舛，但是要躲在城墙里止步不前，还是要飞出那片狭小的天地，都取决于自己的意志吧？亚尔斯兰陛下就不会认定自己人生不幸，并纵容自己沉溺其中。席尔梅斯殿下诚然文武双全，但亚尔斯兰陛下作为一国之君的姿态，是他所望尘莫及的。"

"你说得太对了，达龙。"

那尔撒斯耸了耸肩，点点头。

"席尔梅斯殿下聪敏过人，却唯有这一点没想明白啊。"

V

席尔梅斯所率的面具军团巧妙地避过了辛德拉军的猛攻，来到一处名叫塔利亚姆的丘陵地带稍事休息。席尔梅斯向布鲁汉征求了对今后计划的意见。

当然，席尔梅斯并不是只对布鲁汉一人加以重用。如果不以公正的态度对待部下，就无法得心应手地指挥这些来自异国的战士。因此，他对年逾不惑的多尔格和库特鲁米休也是颇为重视。

"虽然我们把辛德拉军打了个措手不及，但不出所料，那些邱尔克监军对此相当不满，简直都能想象他们回到邱尔克之后会怎样对卡鲁哈纳王进我们的谗言。"

年轻布鲁汉的回答简单明快。

"到那时就把他们都砍了吧。"

"哦，砍了监军还能全身而退吗？"

老练的多尔格感到席尔梅斯移动了一下视线，便开始发表自己的意见。

"属下认为，反倒是不砍了他们比较好。"

"为什么？"

"那些监军私吞了不少本应进献给邱尔克国王的财宝。我们不如抓住证据，等到他们打算做出对我们不利的报告时，用这些证据去威胁他们。日后他们总会派得上用场的。"

"很好。"

席尔梅斯点了点头，但这项决定当天之内就被迫做出了变更。因为监军伊帕姆叫住布鲁汉，执拗地要求他前去营救困在克特坎普拉城中的邱尔克军。从塔利亚姆丘陵到克特坎普拉城有三天的路程，伊帕姆一想到大舅子辛格被困在城中，便无法置之不理。而且，回国被卡鲁哈纳王追究责任也一定非常恐怖。

双方起初还看似心平气和地谈判，但没过多久言辞便愈发激烈。最后，伊帕姆撇着嘴讥笑道：

"你居然会这么反感，看来面具军团打得赢辛德拉军，却打不赢帕尔斯军啊。"

他的嘲弄发挥了强烈的效果。戴着银面具的布鲁汉一下眯起了双眼，压低声音，逼近了邱尔克人半步。

"你刚才说什么？"

他说话的方式让事态进一步恶化了。伊帕姆比布鲁汉年长，如果布鲁汉口吻再礼貌些，或许会好很多。伊帕姆挺起胸膛。

"喔，你想听多少遍都没问题。"

已经没有人能够阻止毁灭的纺车开始转动了。伊帕姆的舌头正把主人推向生命危机的深渊——他原本只是无法忍受自己竟会被一个毛头小子威胁。他缓慢却恶狠狠地用帕尔斯语说道：

"所谓的面具军团表面上装作一群勇士，却已经暴露了真正的实力。只能趁辛德拉军不备偷袭，根本无法和帕尔斯军正面交锋。"

"……"

"不过是一群草原流寇，怎么可能会有什么骑士之心，哼！"

"你这混账！"

长剑的剑光伴着怒吼一闪而过。伊帕姆早有防备之心，却还是没能闪开。说时迟那时快，布鲁汉上前一步，几乎在同一瞬间拔剑、斩落。伊帕姆举起左臂护住颈部，转眼间只听一声闷响，他的左臂被从肘部一刀两断，滚落在地。

虽然特兰人像厌恶毒蛇一样厌恶伊帕姆，但伊帕姆终究也是一位优秀的战士。纵使一条手臂被斩断，他依然强忍住疼痛与冲击，试图继续战斗。他身体一拧，再次面向布鲁汉时，右手中已多了一把刀。

"特兰的毛头小子！你以为我会输给你吗！"

伊帕姆猛地一刀刺向布鲁汉。纵然他是挥刀想砍，但失去了一条手臂的身体无法维持平衡，只得向对方突刺。想来是布鲁汉认定伊帕姆已经丧失了战斗力，这一刺超出了他的预料。

刀尖沿着笔直的轨道刺中了布鲁汉的银面具。只听硬物碎裂的声音响起，银面具裂成两半，朝左右飞去。布鲁汉猛地向后一仰，避开了第二剑。伊帕姆耗尽了力气，直直伸着握刀的右臂，一头栽进了血泊之中——那是他自己的鲜血。

布鲁汉喘着粗气重新摆好架势，突然发现一个身影走近，瞬间倒抽一口凉气。

"银面公子！"

布鲁汉单膝跪地，将染血的剑刺在地上。这是一种表达最崇高敬意的姿势。席尔梅斯一语不发地俯视着布鲁汉，再看向地面上仍在微微挣扎的伊帕姆。全军将士都清楚席尔梅斯的军纪有多严明，每个人都能预料到，诛杀的利刃即将向布鲁汉头顶落下。

多尔格和库特鲁米休一左一右跪了下去，把年轻的布鲁汉夹在中间。

"银面公子，请您恕罪。年轻人思虑不周一时冲动，损害了银面公子的立场，实在罪该万死。恳求您能恩准他将功赎罪。"

席尔梅斯冰冷的声音，盖过了多尔格求情的话语。

"布鲁汉。"

"在，属下在！"

"看那人还在挣扎，一刀给他个痛快。也算我们能尽到的最大仁慈了。"

"遵命……"

布鲁汉脸上浮现出难以形容的表情。席尔梅斯继续下令："杀光那群监军，把克特坎普拉城来的使者也一并杀掉。埋好所有尸体，不要留下任何痕迹。"

多尔格和库特鲁米休仿佛被弹了一下，从地面上一跃而起。多尔格嘶哑着声音大叫道：

"银面公子有令！杀光邱尔克人，一个不留！"

特兰人大为惊讶，但还是立即开始了行动。他们一直在等待着这样一个机会，去尽情爆发对邱尔克人专横无理的愤怒与憎恨。他们拔出剑，举起长枪，扑向身边的邱尔克人。邱尔克人也愕然拔刀奋战，怎奈双方人数相差太过悬殊，尚未数到五百，邱尔克人已被全数屠戮，他们的鲜血染红了整片塔利亚姆丘陵。

多尔格和库特鲁米休命令士兵将邱尔克人的尸体和武器堆在洼地里，再在上面盖上厚厚一层沙土。邱尔克人从特兰人手中剥削到的财宝也全部被拿走了。席尔梅斯沉默不语地注视着这一连串画面。

他心不在焉地想起自己那未曾来到这世上的孩子。那孩子若是能平安降生，或许会将帕尔斯与马尔亚姆两国的王冠戴在头上。父亲是帕尔斯的王族，母亲是马尔亚姆的公主。那原本该是一个集高贵血统于一身而降生的孩子。

倏然之间，一个疑问涌上席尔梅斯心头。自己要率军前往的地方不该是辛德拉，而该是马尔亚姆吧？赶走非法占领马尔亚姆的鲁西达尼亚军，让席尔梅斯的旌旗在那里高高飘扬。只有这样，才能让亡妻伊莉娜在天之灵得以安息，不是吗？

席尔梅斯曾经迷失过一次方向，失去了要与之战斗一生的敌人。当时他受到的打击太大，无法继续留在祖国帕尔斯，只得与伊莉娜两个人相依为命，浪迹天涯。那时，他毫不犹豫地舍弃了世间的权势。

"我该把自己的旌旗插往何方呢……"

蓝底上描绘着白色太阳的面具军团三角旗立在席尔梅斯的视线前方，随着辛德拉的春风起舞飘扬。

听到有人客气地呼唤着自己，席尔梅斯回过头来，映入他眼帘的是整群特兰人跪倒在地的身影。

"邱尔克人已悉数杀尽。今后该何去何从，还请您赐下指示。"

库特鲁米休低下头，一股刺鼻的血腥味冲进席尔梅斯的鼻腔。无论是席尔梅斯，还是这些特兰人，都已经没有回头路了。

VI

死守在克特坎普拉城中的邱尔克军，在不安与焦急之中度过了一天又一天。

他们夺取城池时竭力奋战，一旦占领便瞬间松懈了下来。他们得到了安全的城墙和足以在城中坚守百日的粮食，暂且安下心来，待到重新环顾四周时，才对己方的处境感到了些许不安。城内虽有三万同伴，城外却全是敌人。

辛格、布拉亚格、迪奥、多古拉等一众将军压低声音商谈起来。

"深入敌国内陆固然是好，但这样下去就只有坐以待毙了。"

"等粮食吃完就走投无路了。今后该怎么办，谁有什么好主意吗？"

"面具军团那边还没联系上吗？"

"那群家伙反正也靠不住。一定是只顾掠夺，连回去的路都忘记怎么走了。"

日子在束手无策中一天天过去，转眼间到了三月二十日。众人从城墙上看到克特坎普拉城西方扬起了一股冲天沙尘。各种各样的声音随风传来，有马蹄的轰鸣、车轮的声响、枪剑交击的声音以及呐喊。从城墙上定睛望去，只见沙尘中飘扬着数面旗帜。

铠甲和长剑反射着阳光，不时地闪烁着光芒。那股沙尘越来越近，整支骑兵队映入了人们的视野，几十辆牛车紧随其后，再后面又尾随着一队骑兵。

"是面具军团，他们被辛德拉军追击了！"

邱尔克军从城墙上俯视着这场追击战。他们至今仍然对面具军团"终究是一群异国流浪汉"的印象拂拭不去，因而没有立即伸出援手——但这种印象也很快就被一扫而空了。

一个麻袋从面具军团的牛车上滚落下来。追上来的辛德拉士兵用刀划开麻袋，不知什么东西从袋里溢出，撒满了整条道路。那东西看起来像是沙子，却并不是。那是辛德拉的特产，一种微微发红的大米。发现此事的邱尔克士兵欢呼了起来。原来，面具军团为友军运来了粮食。

"打开城门！快去救援！"

辛格下令——但还没等到他下令，邱尔克士兵早已从城墙上沿着楼梯冲向地面。说得极端一点儿，他们根本不在乎面具军团那些特兰人是死是活，但是粮食必须弄到手。

"冷静点儿，保持行动秩序！万一辛德拉军趁城门打开时闯进来，可就无力回天了。"

布拉亚格将军挡在城门前，制止士兵们冲动行事。正在此刻，城门外传来一阵要求开门的叫声。来者说的是大陆公路各国的通用语帕尔斯语，但布拉亚格从他的声音中听出了明显的特兰口音。带有特兰口音的帕尔斯语——那正是面具军团所使用的语言。邱尔克军一窝蜂拥到城门前，卸掉了门闩。城门大开，一名戴着银色面具的骑士巧妙地操纵着缰绳，跑过布拉亚格身旁。

"啊，你是……"

布拉亚格还没来得及说完一整句话，他的头颅已经拖着一道长长的血迹飞上了天空。特兰人吉姆沙将军摘下临时做成的银面具，露出无畏的笑容。他说着一口带有特兰口音的帕尔斯语，是再理所当然不过的事了。

他戴着的那个银面具，只是一块涂了银色的牛皮而已。在混战和漫天沙尘之中，足以让远在城墙上的邱尔克兵信以为真。

"人们总是只看到自己想看到的东西，陛下。"

帕尔斯宫廷画家曾在向弟子传授诱敌战术时这样说过。吉姆沙把伪造的银面具朝空中一抛，把自己最擅长的吹箭贴紧唇边。淬毒的吹箭无声无息地飞向邱尔克兵，他们连自己的死因都还没弄清，已然一头栽倒在地。

帕尔斯军纷纷随着吉姆沙闯进城内。仍然立在城墙上的多古拉将军拔出刀正欲冲下楼梯，却被耶拉姆一箭射中，一个倒栽葱跌了下去。迪奥将军与法兰吉丝狭路相逢，被法兰吉丝一剑斩断了咽喉。看到己方转眼间被逼入劣势，辛格将军亲自跃马扬鞭，冲到敌兵面前。

"吾乃邱尔克国的辛格将军。谁想立下战功，速速到我面前报上名来！"

许多帕尔斯兵的剑与枪登时一同指向辛格。辛格挥舞着厚刃大刀，不断扫开刺向自己的利刃。他上前一步，砍断了一人的脖子，又回身一刺，击碎了第二人的面门。飞溅的鲜血把辛格整个上半身都染成了斑驳的红色。他继续朝第三个帕尔斯人挥下大刀。

这一击猛烈至极，不料被一道银色的闪光挡了回来。辛格跟跄了几步，重新摆好架势，意识到自己遇到了传说之中的骑士。目光锐利的黑衣骑士巍然屹立在辛格面前，飘扬的斗篷衬里仿佛被鲜血染过一样殷红。

辛格咽了一下口水，竭尽全力挥起大刀。达龙的长剑再度闪出一道雷光。只听一声清脆的声响，大刀应声折断，辛格本人则甩着麻木的手跪倒在地。

辛格被俘，敌将用皮绳捆住他的双手，将他带到帕尔斯国王与辛德拉国王面前。布拉亚格、迪奥、多古拉三位将军也被带到了他的身旁——但这三人只有首级被一字排开而已。辛格已经做好了身首异处的心理准备，一个自称帕尔斯宫廷画家的人却递给他一封信。

"这是国王的堂弟卡德斐西斯大人写给国王的信，希望你能把这封信递到国王手上。辛德拉军会把你护送到邱尔克的边境。"

辛格保住了一条性命，却无法对帕尔斯军怀有感谢之情。毕竟回国面对卡鲁哈纳王，比被帕尔斯军处死还要恐怖千万倍。

这场攻防战中，共有五千名邱尔克兵阵亡，两万五千名邱尔克兵被解除了武装。他们还没占领克特坎普拉城多久，就两手空空地被赶回了祖国。

　　当然，一切并不会就此结束。逝者已矣，但对幸存者来说，不过是拉开了一道新的帷幕。

第三章　徘徊在迷宫中的人们

I

时值帕尔斯历三二五年三月中旬。正当帕尔斯和辛德拉两军成功夺回克特坎普拉城,准备开展全新的作战行动时,位于克特坎普拉城以西二百五十法尔桑(约一千二百五十公里)的密斯鲁国正有条不紊地进行着出兵帕尔斯的准备。

密斯鲁国王荷塞因三世所做的准备,极尽细致周到之能事——毕竟他们在上一年败给了帕尔斯军,所以也是理所当然的。他派出了骑兵、步兵、战车队、骆驼队等陆上兵力总计六万五千人,并以两百艘军船装载两万四千名士兵组成了海上部队,还召集了十万民众,准备了三千辆牛车和五千匹骡马,构成了后勤部队。

荷塞因三世若是千里眼,能够得知帕尔斯全军最精锐的部队此刻正远在千里之外的辛德拉境内,大概就不会花这么久时间去准备了。他一定会立刻派出骑兵和骆驼部队,闯过帕尔斯边境。可惜他并不是,所以只好把时间徒劳地花在了准备工作上。

当然,荷塞因三世也派了间谍,同时向商队收集情报,想尽各种手段探查帕尔斯国内的情况，得知有数以万计的帕尔斯军北上进军。但密斯鲁人以为帕尔斯军只是训练，马上就会返回王都叶克巴达那，完全想不到他们竟然进行了一场穿过整个特兰，又经由邱尔克王国领地，进入辛德拉境内协助拉杰特拉二世的大远征。

间谍行动若是太显眼，会引起敌人的注意。一旦有人觉得"密斯鲁间谍行动活跃，可能有所企图"便万事皆休了。所以荷塞因王行事总是适可而止，他认为做好出征准备，保持随时能够出兵的状态才是最重要的。

密斯鲁冠冕堂皇的借口是"让正统国王君临帕尔斯"——拥戴继承了帕尔斯上一代王室血统的席尔梅斯王子登上国王之位，而王后则是一个密斯鲁公主。如此一来，两国将被姻缘的纽带联结在一起，永享和平。这就是密斯鲁对外宣称的出兵理由。

而这个计划中，最重要的一个棋子就是查迪。

查迪是已故的万骑长卡兰之子，父子两代效忠于席尔梅斯。至于他们这番忠诚能否造福广大世间，却要另当别论了。

帕尔斯历三二一年秋，席尔梅斯只带了伊莉娜一个人离开祖国，查迪也孤身一人踏上了流浪的旅途。三年多过去，查迪辗转漂泊到密斯鲁国，听说席尔梅斯成了宫中的座上宾，便欲再次追随效忠。荷塞因三世也表示，希望查迪协助席尔梅斯登上正统国王之位。查迪闻言欣然应允，立誓相助。

荷塞因三世心境微微有些复杂。他烧伤了一个不明身份的帕尔斯人的脸，给此人戴上黄金面具，将其伪装成了席尔梅斯王子。他迟早要把那人送上帕尔斯王位，借此夺取整个帕尔斯。此外，他还准备利用查迪，煽动帕尔斯国内抱有不满的人，引发叛乱。

这实在是一番极其阴险毒辣的阴谋家行径。但与此同时，荷塞因三世心中多少有些内疚。他很清楚，查迪一片赤胆忠心天地可鉴，绝无半分虚瞒。所以他也完全能预想到，查迪得知真相之时，将会是何等震怒。

"还是不要发现真相，对他自己比较好。"

查迪一旦得知真相，就会遭到杀身之祸。

"说起来，那人现在怎么样了？"

荷塞因三世所说的"那人"自然是指冒牌的席尔梅斯王子。侍从闻言回答，此人目前正命一群流亡帕尔斯人和美女随侍左右，酒肉不断，夜夜笙歌。

"他似乎已经把自己当作帕尔斯国王了。"

"也好。为了骗过那个叫查迪的人，还是把架子摆得像个国王比较好。若是让那查迪起了疑心，我们所做的一切准备就都要付诸东流了。"

荷塞因三世的语气也仿佛是在说服自己。

去年秋天，查迪在密斯鲁王宫中出现时，将军马西尼萨曾向荷塞因三世进言——查迪很了解真正的席尔梅斯，这一点或许会妨碍他们的计划，应该尽早除掉他。但荷塞因三世拒绝了他的提议，反而积极地盘算该如何利用查迪。毕竟只要查迪断言"这一位才是真正的帕尔斯国王席尔梅斯大人"，每个人都会相信的。

就这样，荷塞因三世欺骗了查迪，试图从他口中套取各种贵重情报。他的计划大体上很顺利，但偶尔也会有些千钧一发的场面。有一次，查迪询问他伊莉娜大人现状如何。

"伊莉娜？"

"我是指马尔亚姆王国的内亲王伊莉娜公主，她应当已同席尔梅斯殿下结为连理。不知她近来是否安康？她体质素来欠佳，我很是挂念。"

荷塞因三世竭力掩饰起了面上的表情。

"席尔梅斯大人几乎不主动谈及自己的私事。当初他造访敝国也是孤身一人来的，只怕夫人早已亡故了吧。"

"是这样吗？"

"还望你不要向席尔梅斯大人追问过多，否则难免会刺激到他心中的伤痛。"

"陛下所言极是，我会谨记在心。"

经历了这一系列事件之后，查迪终于得以与"席尔梅斯殿下"重逢。在岁末辞旧迎新之际，查迪获准进入了"席尔梅斯殿下"的病房。席尔梅斯戴着金色的面具一事，他也是在此刻得知的。

"竟然戴着黄金面具，席尔梅斯殿下的品位稍微有点儿退步了啊。"

一身便装的查迪心中一边想，一边被佩剑的马西尼萨将军率领二十名全副武装的士兵带到了位于王宫深处的病房里。病房的窗户上遮挡着厚厚的窗帘，只见一个人影从宽阔的床上支起上半身。

查迪并不是一个懦夫，但看到黄金面具从昏暗中浮现的瞬间，他仍然心里一惊，不由得停下了脚步。若非早被告知，只怕他会忍不住大叫出声来。

马西尼萨将军站在怔然呆立的查迪身后，单手搭在剑柄上，蓄势待发。一旦查迪说出什么不该说的话，他便会一跃而起，从背后一剑将查迪刺个透心凉。但查迪早将马西尼萨的存在忘在了脑后。方才一幕的确令人震惊，但查迪从一开始就认定了房中之人乃是席尔梅斯，于是，怀念和同情一下子涌上心头，他扑通一声跪在了床边。片刻过后，查迪终于报上了自己的名字，黄金面具便以低沉沙哑的声音回应道：

"查迪啊，你来得真好。有你在这里，我便安心多了。"

"谢殿下抬爱。"

"该道谢的是我才对。如今我足无寸土，却蒙你们父子两代如此扶持。待我大志得偿之日，定赐你享用不尽的荣华富贵，子孙世代相传。"

黄金面具的语气变得热切起来。他似乎想到了什么，在病床上动了动身体。

"这样好了，就让你的子子孙孙世袭大将军一职吧。"

"殿下，这也实在……"

"如果连这点儿报答都不让我给你的话，我心里会过意不去的。"

黄金面具停下来，咳了两三声，便在脸上浮起冷笑的马西尼萨面前继续发挥起他巧妙的演技。

"一切都变了。如今你比当初更加强大，我却落得这副模样。"

"殿下……"

"实在是难为情。在你看来，我一定就像是完全变了个人吧。连声音也变了。"

这是他为避免查迪起疑而刻意进行的一场表演。查迪说难听一点儿就是头脑简单，说好听一点儿就是淳朴直率。他被这番话触动了心弦，情不自禁地大叫道：

"不，绝对没有这回事！殿下您英姿不减当年，家父卡兰在天之灵也会为您助威增势！"

"但愿如此……"

"属下一定，一定会将帕尔斯的王位献给殿下……"

"嗯，全靠你了。"

"为殿下大业，属下赴汤蹈火，在所不辞。"

就这样，这对阔别三年终于重逢的君臣再次携手，迈向他们宏伟的目标——查迪如此坚信着。只有他一个人对此深信不疑。

这是上一年，帕尔斯历三二四年末发生的事情，从那天起，查迪便被荷塞因王以将军之礼相待。除"辅佐席尔梅斯王子"之外，他还肩负了两项同等重要的任务。

其一，是将身在密斯鲁国内的帕尔斯人组织起来。这些人主要是被流放的奴隶贩子、与海盗勾结的官员、被剥夺特权的神官、破落贵族等，人数有三万左右，大多数对亚尔斯兰的执政抱有反感。查迪从他们中召集到约一万人，让他们宣誓效忠于"席尔梅斯王子"。这些人与留在帕尔斯国内的亲朋好友保持着联系，一旦有必要，便能在帕尔斯国内发起暴乱。

"看来似乎没什么像样的人才啊。不过现在也没多少同伴，就这样吧。"查迪心想。于是，当那些人以特务经费啊行动经费啊之类的名头来找他讨要资金的时候，他便会从自己所管理的军用资金中拨款给他们。

另一项任务则是对密斯鲁骑兵部队进行训练。帕尔斯在骑兵的战术以及训练方面要远远优于密斯鲁。这在查迪眼中是理所当然的，他认为帕尔斯的骑兵部队是世上最强大的军队。

查迪随已故的父亲卡兰习得了武术和骑兵战术。此番既然是受荷塞因王所托，他便热情洋溢地开始对密斯鲁骑兵进行训练。过于热情的教师通常是不受欢迎的，何况查迪又是外国人，所以密斯鲁骑兵对他很是反感，但随着训练不断进行，他们的动作也愈发熟稔流畅，在反复进行的模拟战斗中积累了可观的实力。

II

三月中旬的某一天，查迪训练完密斯鲁骑兵后回到宿馆。已是半夜时分，黄铜色的月亮高高挂上了亚热带树木的梢头。北方海面上吹来凉爽的清风，实在是个令人心旷神怡的南国春夜。

红黄相间的鲜花环绕着一栋白色石头砌成的平房，这里就是查迪的宿馆。查迪对花并不感兴趣，所以也不清楚这些花儿的名字，只觉得它们色彩鲜艳，香气浓郁。

"欢迎回来，查迪。"

宿馆方向传来一个年轻女子的声音，说的是帕尔斯语。站在玄关迎接查迪的女子身材颀长，麻制的衣服紧紧裹在丰腴的身体上，几乎快被撑裂，一头黑发上漾起许多小小的旋涡，一直垂到肩下。她有着小麦色的皮肤，鼻子和嘴巴略显大了些，但仍可说是面容秀美，是一种生命力旺盛的美貌。若要举例，那就是说这种美貌与伊莉娜公主的柔弱全然无缘。

"不是说过让你雇些下人了吗？明明从荷塞因王那里领到的薪水也足够我们雇人了。"

"那也不是说有就能有的啊。毕竟四五个月前我们还流浪街头，连饭都吃不起呢。"

"那是四五个月前，现在可不一样了。走着瞧吧，再过上三年我就是备受尊荣的帕尔斯王国大将军了。"

"真不错啊。美梦这种东西，似乎再怎么咀嚼都不会减少呢。"女子轻描淡写地一句话浇灭了查迪的自负。查迪表情变得不满，却没有愤怒地喊叫，只是走进家中，坐在餐桌前。密斯鲁葡萄酒、大豆炖牛杂、葱花小麦面包片、烤羊肉串——查迪一边狼吞虎咽地将这些食物填进胃袋，一边对女子絮絮叨叨地说起话来，话题永远只有回忆"席尔梅斯殿下有多么艰苦"的往事。女子的态度则极其冷淡。

"可是那位伟大的席尔梅斯殿下又为你做过什么呢？让你当牛做马劳心卖命，到头来却将你弃若敝屣。不是很无情吗？"

"那，那也是出于无奈嘛。"

查迪较起真来，为主君辩护道。

"毕竟席尔梅斯殿下一直坚信自己是欧斯洛耶斯五世陛下的亲生儿子。当他得知事实并非如此时，你知道他受到的打击有多大吗？也难怪他会悲观厌世、想要放弃一切。我并不怨恨殿下。"

"哦，是吗。不过希望你别忘了，之前这一年你还能勉强保持着这么大的块头，靠的可不是席尔梅斯殿下吧？"

"我明白，全靠你的照顾。我很感谢。"

查迪似乎在这个女人面前完全抬不起头来。

"话说回来，你连那个席尔梅斯殿下的脸都没看到，居然就能认出是自己的主君。"

"怎么可能认不出来。以前不是也和你讲过吗？"

"因为他右半边脸上有烧伤，戴着面具，所以就是席尔梅斯王子？"

"是，是啊。"

"要这么说，你不是也能变成席尔梅斯王子吗？把脸烧掉再戴上面具，就能变成王子大人了！"

说时迟那时快，女子飞快跃向后方，只见查迪的拳头伴着呼呼风声挥落下来。他健壮的手肘掠过餐桌，打飞了盘子，牛杂和大豆飞舞在空中，又在地砖上画出了红黑色的图案。

　　"再说这种对席尔梅斯殿下无礼的话，就算是你我也绝不轻饶，派莉莎！"

　　"我知道，我知道了，忠臣查迪大人。"

　　女子的语气像是在揶揄查迪，又像在怄气，但其中多少也包含了一些挂念查迪安危的真心。

　　查迪调整呼吸让自己平静下来，重新坐回椅子上。他一把抓起葡萄酒壶，却发现壶已经空了，只好摇摇头，松开了手。

　　"我此生的目标，就是协助席尔梅斯殿下夺回正统王位。当然，我自己也是想建功立业的。一旦事成，席尔梅斯王即位之日，我就是大将军了。而你就会成为大将军的正室夫人。你就不能稍微注意点言辞，表现得稳重一点吗？"

　　被叫作派莉莎的女子瞪大了双眼，伸手捂住自己丰满的胸口。

　　"我会成为大将军的正室夫人？你是说真的吗？"

　　"当然。"

　　查迪语气粗暴生硬，却似乎又带了点儿羞涩。他是在四处流浪时遇到派莉莎的，她奔走于各国之间，以歌舞为生，做得一手好菜，生活能力也很强，还似乎在暗地里从事过一些不可告人的生意。无论如何，查迪在离开帕尔斯之际与派莉莎相遇了，不知不觉便变得如胶似漆，一直结伴同行。查迪并没有什么赖以糊口的一技之长，一路上可以说是托了派莉莎的福才免于挨饿的。

"我们大概该趁这个机会把话说清楚。总觉得你对席尔梅斯殿下有点儿苛刻，这是为什么呢？你和殿下应该无冤无仇啊。"

"啊，确实无冤无仇。"

派莉莎偏了偏头，仿佛也在扪心自问，自己到底为什么看席尔梅斯王子不顺眼。

"我不爽的是那个席尔梅斯殿下总戴着个装模作样的面具，不肯以真面目示人。"

"我都说过多少次了，那是为了遮掩脸上的伤痕。"

"不是那样的。"

派莉莎断言得太过斩钉截铁，查迪的怒气也发作不出来了。他什么都没说，只是一脸好奇地盯着派莉莎。

"戴着面具，不是正证明了他有什么不可告人的图谋吗？"

"不是图谋，是决心。实现重登正统王位的伟大事业的决心。"

"我指的不是这个。"

"那是什么？你想说的根本让人摸不着头脑。"

查迪嘴上粗鲁不屑，心中却波澜起伏。毕竟，他自己也是一开始就看那个扎眼的黄金面具不顺眼。

"我本来想说，男子汉大丈夫不该在意脸上的伤痕。虽然退一万步说，在意也是人之常情，不过——"她问查迪，"那个席尔梅斯殿下，在大家面前露出过一次真面目吧？"

"嗯，只露过一次。"

那是在席尔梅斯下定决心，要取代安德拉寇拉斯国王继承王位的时候。他在叶克巴达那王宫的露台上摘下了银面具，在众人面前露出了自己原本的容貌。

"露出过一次真面目的人，又怎么会把面具再戴回去呢？事到如今，还有什么必要这样做呢？"

"我怎么知道？"

查迪说不出口。他很想为主君辩护，但笼罩在心间的那片乌云愈发浓重阴沉。

"你在密斯鲁见过席尔梅斯王子几次？"

"应该有三次。"

"你们分开了那么久，难得重逢，一定有很多话想说吧。"

"不，我没能和殿下在一起待太长时间。"

查迪心中的疑云继续扩散开来，他的声音也渐渐变得无精打采。

"伊莉娜公主，对吧？你们谈到过那位马尔亚姆公主吗？"

"不，完全没有。"

别说谈到了，荷塞因王要求查迪不要提起这个话题。

"他在躲着你。毫无疑问，你一定是被他讨厌了。"

"别胡说！"

查迪再次吼道，但他空有音量，声音却有气无力。许多疑点盘旋在他的心头。他和"席尔梅斯王子"没有一次长时间的交谈。就连想见一面，也都需要经过荷塞因王的许可，即使见了，也一定有密斯鲁人在一旁若无其事地听着他们的对话。黄金面具极少开口，只会勉强"嗯，啊"几声当作回答。查迪有一肚子的话想对他说，从过去的话题到今后的事情，简直可以说上一整个通宵，但他并没有机会与"席尔梅斯王子"彻夜长谈。查迪一直在说服自己，不可以对这种事情心怀不满，但就算他压抑住了不满之情，也压抑不住心中的疑惑。

"还是有办法弄清楚的嘛！"

派莉莎轻描淡写地说道。

"你的那个席尔梅斯殿下到底是不是本人，还是有办法弄清楚的喔。"

"什么办法？"

查迪下意识地问——这意味着他的退让。查迪对席尔梅斯王子的忠诚就像花岗岩砌成的墙壁一样坚固，但对"黄金面具"的忠诚却并非无懈可击。派莉莎准确地刺中了这个弱点。

派莉莎似乎比查迪更加足智多谋。她抬起一只手，抚摸着自己浓密的秀发，答道："也不是多难的办法。一定有些事是只有你和席尔梅斯王子两个人知道的吧？你套他的话试试看。如果答错了，就证明这个王子是冒牌货。"

"答对了呢？"

"那就是王子本人了。今后你要更加恪尽忠诚，让他不管任命你当大将军还是宰相都好。话说在前面，我也更希望他是真正的席尔梅斯王子，能让我当上大将军夫人。"

的确如此。查迪陷入了沉默，也就是说，他认真地考虑了派莉莎的提议。

III

查迪决定去套黄金面具的话。与其说他是被情妇派莉莎的话打动，不如说是自己下定了决心。对面若是席尔梅斯，查迪自然会誓死效忠，绝无二心，但若是冒牌货便是另一回事了。那样查迪就不仅是一个效忠冒牌王子的蠢货，还成了一个被密斯鲁的阴谋利用而出卖祖国的叛徒。他可不想扮演这种角色。

查迪开始暗中观察黄金面具和那些密斯鲁人，在短短的两三天里就注意到了许多疑点。黄金面具身边有许多美女随侍，但席尔梅斯并不是会做这种事的人。过去他一心扑在复仇上，根本不把女人放在眼里，与马尔亚姆王国的伊莉娜公主重逢之后，更是看都不看其他女人一眼。他无论对复仇还是对女性都一心一意，当然这也说明了他就是如此的视野狭隘而又固执。

密斯鲁国的马西尼萨将军总是跟在黄金面具身边，名义上称作"与荷塞因三世、席尔梅斯王子之间的联络人"，事实上应该是在负责监视吧。

查迪怎么都喜欢不起来马西尼萨这个人。正巧马西尼萨也不喜欢查迪——更准确地说，马西尼萨对查迪抱有戒心，毕竟今后查迪将会是阻碍密斯鲁吞并帕尔斯计划的最大障碍。

机会出人意料地迅速降临在了查迪身上。就在两天后，各骑兵部队之间举行了一场模拟战，查迪负责训练的部队取得了压倒性的胜利。无论是部队整体的机动灵活，还是在马背上的枪术，都令其他部队望尘莫及。

密斯鲁国王荷塞因三世大喜，问查迪想要什么奖励，查迪回答，其实自己想拜托席尔梅斯殿下一件事。

荷塞因王看上去并不想让查迪去见黄金面具，但他也无法拒绝，只得装出一副若无其事的表情，准许了他们见面。马西尼萨自然是摆出一副理所当然的样子，跟在查迪身后。

"哼，狡猾的密斯鲁沙鼠。"

查迪在心中悄声嘟囔着，在宫中的一室与黄金面具见了面。

"虽然已经过去很久了，不知席尔梅斯殿下您还记得吗？那是我们去参拜英雄王凯·霍斯洛的陵墓的时候。"

"……确实已经过去很久了。"

黄金面具语气里略带有一丝警惕，马西尼萨在查迪背后把玩着长剑。查迪感到一股危险的气息从脊背传来，他佯装不知，继续说道："实在太可恨了。属下清清楚楚地记得，当时正是冬天，殿下只差一点点，就能拿到宝剑鲁克奈巴特了。"

"嗯，没错。"

"却被达龙那斯横插一脚。那厮实在可憎，不仅杀害了属下的父亲，还从殿下手中夺走了宝剑鲁克奈巴特。殿下您饶恕得了他吗？"

"当然不能。如此行径，岂能轻饶！"

黄金面具在从小窗照进来的阳光中闪耀着光芒。查迪微微眯起双眼，垂下了头。

"属下所求的正是此事。当帕尔斯确立正统王权之际，请让我查迪亲手取下达龙那厮的首级。"

"随你心意便好。"

"属下感激不尽。"

查迪恭恭敬敬行了一礼，从黄金面具面前退下。

"不对，不对。"

他在心中呻吟起来。

"这个人不是席尔梅斯殿下，而是个彻头彻尾的冒牌货。密斯鲁也太胆大包天了，居然打算举一国之力吞并整个帕尔斯。"

席尔梅斯是在帕尔斯历三二一年六月为夺取宝剑鲁克奈巴特而前往英雄王凯·霍斯洛陵墓的。彼时正值初夏，而非冬天。当时出现在席尔梅斯面前，阻挠他夺取宝剑的，也不是黑衣骑士达龙，而是流浪乐师奇夫。黄金面具若是席尔梅斯本人，绝不可能忘记。当他与奇夫激战正酣时，突然爆发了一场骇人的大地震，将数十名士兵吞入地下。席尔梅斯是绝不会忘记那一幕的——如果是真正的席尔梅斯！

查迪走在王宫的长廊上，竭力克制着自己的怒火。

"可恶，岂有此理。竟敢假冒席尔梅斯殿下之名，将我蒙在鼓里。我饶不了你们，绝对饶不了，给我记住！"

查迪走出王宫，从在宫外待命的勤务兵手中接过缰绳，策马缓步前行，心中暗自思忖。

"可是，那个黄金面具不是席尔梅斯殿下，又会是谁呢？他毫无疑问是个帕尔斯人，到底有谁能做出如此胆大包天的事来呢？"

万千思绪盘旋在查迪心中，他暂且先返回宿馆，卸下盔甲，却没有摘下佩剑，坐在餐桌前大口猛灌起葡萄酒。查迪一旦喝醉，反而会想得更多更深。

"那么，接下来该怎么办呢？"

问题就在于这一点。倘若黄金面具是席尔梅斯王子的话，查迪该做的就只有一件事——辅佐席尔梅斯登上帕尔斯光辉灿烂的宝座。即使落败，也不过是陪他一同赴死。而那个黄金面具是个胆大包天的骗子，背后还有密斯鲁国王为他撑腰。

查迪想不出自己该怎么办了。

得知自己上当受骗时，查迪又气又恨。不管是那个戴着黄金面具、来历不明的家伙，还是企图欺骗、利用查迪的密斯鲁国王荷塞因三世，还是他的帮凶走狗马西尼萨将军，查迪都恨不得抡起剑，砸碎他们的脑袋。然而，确实有人在暗中监视着查迪，一旦他轻率行动，只怕立刻就会被密斯鲁士兵杀掉。虽然不怕他们堂堂正正前来决斗，但对方若用的是毒箭或毒酒，就防不胜防了。

"而且……"

查迪舔了舔沾着葡萄酒的嘴唇。

"如果我在这里杀掉了这些密斯鲁人，从中受益的不是亚尔斯兰那小子吗？一根手指头都还没动，强敌就凭空消失了。这可太好笑了，我凭什么非要给亚尔斯兰卖命呢？"

查迪将两条粗壮的腿沉沉地搭在餐桌上。餐桌嘎吱嘎吱地响了起来，但没有散架。

"再继续这样下去，帕尔斯就要变成密斯鲁和骗子刀俎上的鱼肉了，我也成了被骗子蒙在鼓里的蠢货，将来必定会落人笑柄……"

不，不仅如此。如果那些骗子成功骗取了帕尔斯的王位，他们就不再需要查迪了。到了那时，查迪才是毫无疑问一定会被杀的人。查迪开始头痛起来，无论朝哪边走，他都看不到光明。

"啊！到底该怎么办才好啊！"

查迪忍不住脱口叫出声来，又吃了一惊，立刻抬起大手，捂住自己大大的嘴巴。随着脚步声响起，一个人影出现在他身旁。查迪屏住呼吸，伸手搭上剑柄。

"你块头那么大，还发什么抖啊？真没出息。"

"原来是派莉莎啊，别吓我。"

查迪叹了口气。

"谁吓你了？空有那么大的块头，怎么放胆子和智慧的地方那么小啊。"

"吵死了，你话可真多。刚才你去哪儿了？"

"我去市场了。"

"买菜吗？都说过多少次让你雇些下人……"

"买菜只是装装样子啦。是去打探消息的。想知道密斯鲁人都知道些什么，脑子里都在想些什么的话，去趟市场就好了。"

查迪想都没想过要去听听密斯鲁百姓之间的传言。在大陆公路所途经的各国，无论走到任何地方，帕尔斯语都是通用的。就算在偏远的村落里，也至少有一个会说帕尔斯语的医生、老师或是商人。所以，帕尔斯人不怎么会主动去学外语。即便是辗转流浪在各国之间的查迪，也下意识依赖着帕尔斯语，没有去学习其他国家的语言。

派莉莎从市场上打探到的，是关于密斯鲁国军事行动的传言。平民百姓自然是无从得知军事行动详情的，但他们看得到士兵成群结队地转移、从市场上大量收购的粮食被装上军船、曾经的无业游民们被召集起来，与许多运输车聚集在一起——到处都听得到这种消息。也就是说"战争快要开始了"。

密斯鲁军出征在即。"席尔梅斯王子"就要踏上帕尔斯的国土了吗？

IV

查迪匆忙将宫中发生的事情告诉了派莉莎。

"所以说，我们不能轻举妄动。暂且先装作不知情，观望一段时间比较好吧？"

"还是算了吧。"

"为什么？"

"你演技太差了，根本装不了太久。就算今天这件事，要我说来，也显得有点儿刻意了。"

"说得也太居高临下了吧？"

"有人说要给你奖励的话，和他要些金币啊宝石啊之类俗气的东西就好。那样对方就会觉得你只是个贪心鬼而已，对你疏于防范。要是不先让对方放松戒备，不就什么都做不到了吗？"

查迪无法反驳，他的确是有些操之过急了。然而，反正不能长时间维持演技，那么早一天还是晚一天暴露也没什么区别。

派莉莎用伶俐的目光望着面前的男人。

"算了，抓着过去的事不放也没有意义。那么，接下来你打算怎么办？"

"你觉得该怎么办才好？"

查迪反问。事已至此，就全靠派莉莎的智慧了。查迪没什么可担心的。

"看一眼外面，动作自然点儿。"

听到派莉莎的话，查迪走向窗边，打了个呵欠，用左手拍了拍右肩，在一系列动作的掩护下迅速观察了一下院子。他看到亚热带树荫下有什么在闪着光，立即明白了那是铠甲和长枪的反光。派莉莎低声对从窗边走开的查迪说道："我看我们还是赶紧逃走比较好。"

"唔……"

情况发生了天翻地覆的变化。查迪不由得目瞪口呆。但他毕竟经历过无数次生死关头，所以很快恢复了冷静。密斯鲁国已经再无容身之处。不是冲到港口去乘船，就是渡过迪吉雷河潜入帕尔斯境内。

查迪确认好大剑的位置，对派莉莎轻声说道："点燃房子，我们趁乱冲出去。你把值钱的东西带出去，我要在天黑前打他们个出其不意。"

派莉莎沉默地点了点头，跑向里面的房间，从床下拖出一个芦苇编成的箱子。她打开箱子，把水牛皮口袋倒了过来，只听金币、银币和铜币伴着清脆的叮当声，在地板上堆起了一座小山。她迅速从中挑出金币，重新装进袋子里。这是荷塞因王交给查迪的军用资金的一部分，大概足够查迪和派莉莎生活两年了。

接下来，她拉开带镜台的乌木抽屉，把戒指、项链和发饰扔进袋子里。其中有一个乍看上去很朴素的银手镯，表面雕着花纹——一个戴着羽毛帽子的年轻人骑在公牛背上，用短剑刺进公牛的颈部。这是帕尔斯所信仰的密斯拉神的肖像，只有身份高贵的人才被允许使用这样的图案。

"就只把它戴在身上好了，毕竟和其他东西情况不一样。"

派莉莎边自言自语，边将手镯套在左臂上。她的手臂线条丰满，却没有一丝松弛。

一看到派莉莎走出房间，查迪便将油洒在地板上。他洒的是气味很淡的灯油，外面的士兵难以察觉。

"上吧，派莉莎。"

查迪咧嘴一笑。虽是身处险境，他却斗志昂扬。比起为政治或阴谋头痛，他更喜欢刀剑的铮鸣和鲜血的气息。从任何意义来说，查迪都是一名帕尔斯战士。

包围查迪宿馆的密斯鲁士兵共有五十人，目的不在攻击，而在监视。密斯鲁人准备到了晚上就把兵数增至三百，放火并杀掉逃出来的人。

负责指挥这场行动的是马西尼萨将军，但他日落时才会到现场来，根本想不到查迪他们会在光天化日下逃亡。

藏在亚热带树荫下的一名密斯鲁士兵抽了抽鼻子。似乎有股烧焦的气味传来。空中飘浮着一股淡淡的青烟，隐隐约约刺痛着眼睛。不安和疑问驱使着士兵们挪动身体去窥探房子里的情况，映入他们眼帘的是摇曳在窗户里的红光。

"着火了！"

一个士兵跳起来大叫。其他士兵也大为惊愕，从藏身之处冲了出来。房子里冒出的烟迅速变成了黑色，笼罩了整个院子。惊慌失措的士兵听到了一个女人的叫声：

"救命啊，救命啊！"

浓烟中传来一阵敲门声，士兵跑向门口。为防万一，他们拔出了刀，提在手里。

正要伸手开门的瞬间，门猛地从里面打开了。浓烟和热流迎面扑向密斯鲁士兵，他们被呛得咳嗽不止，抬起手臂挡在脸前。一个巨大的黑影随即跃到他们面前，此人正是右手挥舞着大剑的查迪，左手还举着熊熊燃烧的火把。

大剑一声长啸。一个密斯鲁士兵登时身首异处，血雾狂喷。另一个士兵的右臂从手肘处被砍断，惨叫着翻倒在地。

查迪猛地将火把戳到第三名士兵面前，士兵整张脸扎进了火中，烈火从眉毛一直烧到头发。由于密斯鲁人经常用香油涂头发，所以头上立刻烧成了一团火球。不幸的士兵连叫都叫不出声，痛苦地在地上滚来滚去。

密斯鲁士兵畏缩不前。巨大的黑影冲进了他们之间，那是两匹骏马，只有一匹背上有人。一个女子的声音呼唤着那个帕尔斯战士。

"查迪，快点儿！"

"喔，好的！"

查迪抢起他粗壮的臂膀，将火把投向密斯鲁士兵们，士兵惊惶地向后跳去。他看都不看一眼那些密斯鲁士兵，径自奔向坐骑。查迪身躯庞大，看似笨重，但生来就是马背民族的一员。他配合着马儿的步调巧妙地靠近，一跃而起，瞬间便坐在了马背上。仍然有些勇敢的密斯鲁兵试图阻拦他们逃亡，查迪策马将他们撞翻、踢飞，在黑烟和混乱之中消失了影踪。

查迪逃亡的消息立即传到了身在宫中的马西尼萨将军耳中。

"居然眼睁睁让他逃掉了！你们这群废物！"

马西尼萨破口大骂，当场拔剑斩杀了前来报告的军士长。

他甩了甩沾满鲜血的长剑，收剑回鞘，请求面见荷塞因王。荷塞因王得知事情的来龙去脉后，反倒感叹道："查迪逃走了吗？那小子还真够敏锐的。"

"臣即刻前去追杀，一定将他的首级带到陛下面前。"

"不，且慢。"

荷塞因王举起一只手，制止了情绪激动的马西尼萨。

"此人有勇有谋，又甚是敏锐，杀之可惜，尽量活捉吧。"

"遵命，可是陛下……"

"听听他的说法，想方设法拉拢过来为我们所用，如果他无论如何都不同意，再杀了他。绝不可不由分说直接诛杀。"

马西尼萨显得有些不满，但他无法违抗国王的命令。他答了一声"遵旨"便退了下去，召集部下后，他还准备了两倍于士兵数量的马匹。他计划马儿一旦跑累就换一匹，以便尽早追上逃亡的查迪。

查迪和派莉莎策马径直向南疾驰，沿迪吉雷河西岸从下游来到中游。太阳在他们头顶上开始西斜，夜幕逐渐从东方降临。片刻过后，一轮红不红黄不黄的月亮高高挂上了天空，宛若一枚脏兮兮的巨大金币。

密斯鲁的国土和帕尔斯同样广袤，但只在迪吉雷河等三条河流及其支流一带才存在土地肥沃的绿色平原，其他地方都只有满是岩石沙土的荒野。查迪和派莉莎半夜来到了一处能俯瞰到迪吉雷河的荒凉岩场，两人放走了已经筋疲力尽的马儿，改为徒步前行。

"从迪吉雷河上游渡河潜入帕尔斯境内吧。"

查迪决定。与席尔梅斯王子一同高举前朝军旗、胜利回国的梦想破灭之后，查迪陷入了一股说不清是流浪的疲倦还是对故乡的思念中。虽然就算回到帕尔斯，他也不打算变节去投靠亚尔斯兰。他准备先花上三个月休整身心，然后再踏上流浪的旅程，去寻找席尔梅斯王子。下次就往东走，去辛德拉或是邱尔克看看好了。

"总而言之，如果不能让席尔梅斯殿下坐上王位，就无颜面对亡父了。"

听到查迪的话，派莉莎脸上瞬间写满了"你还在这样说啊……"的表情，却并未把这句话说出口。正当他们登上岩场，俯视大河时，只听一声大喝传来。

"站住，帕尔斯人，到此为止了！"

只听得马西尼萨将军趾高气扬的声音响起。随着一连串盔甲的叮当作响，全副武装的士兵身影从三个方向蜂拥而来。长枪和剑映在月光下，宛若迪吉雷河上的粼粼波光。

"真是夸张。"

查迪撇了撇嘴。来的士兵似乎有三四百人，对付查迪一人着实有些小题大做，但马西尼萨不能再让查迪逃走了。他打算封住查迪的退路，和他一对一单挑。

"帕尔斯人啊，来场单挑吧！"

马西尼萨叫着，拔出了半月弯刀。查迪也一言不发地拔剑出鞘。两个年轻的勇士在宽阔平坦的岩石上狠狠瞪着彼此——也没有过上太久，马西尼萨气势凌厉地一刀挥来，查迪接下了这一击。一场单挑在月光下拉开了帷幕。

查迪一直将帕尔斯首屈一指的勇将达龙视作宿敌。他曾与达龙数度交手却从未胜过，毕竟实力相差悬殊。但此刻达龙若是在场，必定会承认查迪的实力相较于三年前已经有了长足的进步。

最初的五十回合只见火花四溅，利刃铮鸣，二人打了个不分高下。然而，查迪的重击令马西尼萨逐渐感到疲劳。查迪连砍两剑，直到第三剑砍下才见马西尼萨勉强出招。这种状态持续了一段时间，直到马西尼萨完全沦为了守势。查迪的大剑缠住了马西尼萨的半月弯刀，伴着高亢的声响将其击飞了出去。失去武器的马西尼萨身体失去了平衡，踉跄了几步，便瘫倒在岩石上。胜负似乎已见分晓。

"且慢，帕尔斯人！"

马西尼萨大叫道。这是他当晚第二次大叫，但与第一次不同的是，这一次马西尼萨并没有趾高气扬，而是半呻吟着，用眼睛向上看着查迪。

"如果你砍下这一剑，一定会后悔的。听我说！"

"事到如今你竟然还想求饶吗？我才不会听！"

周围的密斯鲁士兵略微喧哗了一阵，却不敢轻举妄动，只得重新握紧长枪，静观其变。马西尼萨瞟了他们一眼，对查迪说道："荷塞因三世陛下有命。为嘉奖你实力过人，陛下将正式封你为密斯鲁国将军。你不觉得这个待遇很不错吗？"

"我不会效命于帕尔斯国王之外的人。"

"你是指席尔梅斯王子吗？"

"当然，谁要效命于那个戴着扎眼黄金面具的冒牌货？你们竟然骗了我这么久！"

"等一下，等一下，你冷静点儿。"

马西尼萨拼命摆手。

"你的忠诚实在值得赞赏，但事实是根本无从得知席尔梅斯王子的去向，不是吗？暂且先拥立那个黄金面具作权宜之计，把那个僭王亚尔斯兰赶下帕尔斯国王的宝座之后再迎接真正的席尔梅斯王子登上王位不就好了吗。"

查迪低头看着重新在岩石上坐起身的马西尼萨，嗤笑一声。

"谁会上你的当啊。如果真正的席尔梅斯殿下出现，以你们的作风，不是正好除之而后快吗？"

"……"

"我上过一次当已经足够了，你就到另一个世界去骗骗密斯鲁的神吧。"

查迪重新挥起大剑，准备击碎马西尼萨的头颅。马西尼萨拼命张口大叫："你不想知道黄金面具的真实身份吗！"

查迪的手停在了半空。

他不该停手的。既然已经发现那个黄金面具是冒牌货了，那人的真实身份就应当与查迪无关。然而好奇心令他犹豫了一瞬间——一瞬间已经足够了。马西尼萨像魔术师般一翻手腕，一柄被藏在水牛皮军靴里的短剑便深深刺进了查迪的腹部。查迪发出痛苦和愤怒的呻吟。

"你这混账……"

"带着后悔下地狱去吧，蠢货帕尔斯人！"

马西尼萨一边冷嘲热讽，一边旋转刺入查迪腹部的短剑。一阵剧痛在查迪腹腔中爆发开来，他眼前一黑，脚下不稳，单膝重重地跪了下去。站在岩场上看着这一幕的派莉莎意识到自己的情人受了致命伤。她紧紧抓住岩石，哀叫道："查迪……"

"快，快逃，派莉莎……"

查迪呻吟着，用力向前伸出沾满鲜血的双手。马西尼萨大愕，回过神时发现查迪的双手已经紧紧掐住了自己的脖子。

查迪粗壮的手指勒紧了马西尼萨的咽喉。马西尼萨将埋在他腹部的短剑刺得更深。不是被掐死就是被刺死，双方都逃不开这场同归于尽的厮杀。在一旁瞠目结舌的密斯鲁士兵终于反应过来，有了行动。他们不能眼睁睁地对自家将军见死不救。

三支长枪刺进查迪结实的后背，三截闪着寒光的枪尖从他胸口透了出来。鲜血从查迪口鼻汩汩涌出，在月光下被映成了紫黑色。马西尼萨用尽全身力气挣脱了查迪的双手，咽喉上还留着查迪的手指印。他手脚并用，匍匐着向后退去。只听一声巨响，查迪扑倒在地，额头撞在地面上。

一阵水声传来。派莉莎从悬崖上纵身一跃，跳下了迪吉雷河。士兵们见状一片哗然，但马西尼萨毫无反应，只是重整呼吸就已经耗尽了他的全力。他想，反正那个女人一定会淹死在河里吧。

V

帕尔斯万骑长卡兰之子壮志未酬身先死。他的首级被送往王宫。翌日，密斯鲁国王荷塞因三世用过早餐后第一项工作便是确认查迪的首级。

这实在称不上一项舒服的工作。查迪的首级被放在托盘上，怒目瞪着荷塞因王。马西尼萨向满脸失望的荷塞因王行了一礼。

"臣是堂堂正正地与他单挑，最终将他诛杀的。"

"那是当然。要是你暗算了人家，我们密斯鲁可就要威信扫地了。"

荷塞因王一脸苦涩地打断了马西尼萨的喋喋不休。

"都和你说过那么多遍不要轻易杀掉他了，善后处理可是很麻烦的。"

荷塞因三世头痛了起来。查迪之死，会让流亡到密斯鲁的帕尔斯人感到不安，密斯鲁骑兵队也失去了一名能干的教官。无论哪一边都需要尽快选定继任者，但是又很难再寻得第二个像查迪这样热情又认真的人才了。

"仔细想想，假的席尔梅斯王子想换成谁就可以换成谁，毕竟只要不是王子本人怎么换都一样。查迪却无人可以代替，这下可真的麻烦了。"

想到这里，荷塞因三世开始有些厌恶马西尼萨了。查迪的横死从根本上威胁到了吞并帕尔斯计划的可行性，马西尼萨却在国王面前摆出一副居功自傲的样子。这小子只觉得打败敌人，把脑袋砍下来就行了。所以最多只能把战场的一部分交给他，其他事情完全不敢让他负责。

迄今为止，自己都是把各种实际工作交由查迪负责，只把黄金面具当成一个摆设，但今后很多事情必须要让黄金面具本人去做了——荷塞因王一边盘算着，一边命人埋葬查迪的首级，他突然想起一件事。

"说起来，查迪应该还有个同居的女人，她怎样了？你把她杀了吗？"

原本满脸春风的马西尼萨突然表情骤变，仿佛被一盆冰水浇在头上。他刻意清了清嗓子，答道：

"她掉进迪吉雷河里淹死了。"

"你确定吗？"

"千真万确，绝不会有错。她从悬崖上跌下去的时候，颈椎都断了。只可惜没能把尸体带回来。"

马西尼萨斩钉截铁地高声说道。事已至此，只能用谎言圆上别的谎言了。荷塞因王令他退下，又陷入了沉思，此时宫廷书记官前来报告："马尔亚姆王国派来的使者求见陛下。"

"喔，有什么事？"

荷塞因三世摸了摸用香油梳过的头发。上一年的秋天，统治了半个马尔亚姆国的教皇波坦派使者前来结盟。波坦是为了打倒政敌——鲁西达尼亚王弟吉斯卡尔，前来寻求密斯鲁的武力支援的。然而荷塞因三世不仅没有应允，反而将使者逮捕，送到了吉斯卡尔面前。

"都过了半年了，终于派使者来回礼了吗？看来马尔亚姆国内稍稍稳定了些，吉斯卡尔也变得从容了啊。"

这样想着，荷塞因三世接见了使者。因为马尔亚姆国的统治者是鲁西达尼亚人，所以使者也是鲁西达尼亚人。此人是个留着小胡子的壮年骑士，他单膝跪地，恭敬地行了一礼，随即报告了一个令人震惊的事实。

"吾主吉斯卡尔已于今年一月一日正式登基，成为马尔亚姆国王。"

"什么，吉斯卡尔公爵当上国王了吗？"

荷塞因三世瞪大了眼睛，一半是故意装出一副惊愕的样子，一半是真的大吃一惊。他一直以为吉斯卡尔与波坦的争斗仍在继续，马尔亚姆国内还在动荡不安。一旦吉斯卡尔统一了马尔亚姆全国，他必定会迅速重建起一个强大的国家。说实话，这并不是个令人愉快的消息。

过去马尔亚姆曾经多次与密斯鲁交战。两国之间有一片海域，双方船队经常为争夺海上通商的权益开战。四十年前，马尔亚姆的大型船队甚至冲到密斯鲁的海岸，从船上射出带火的箭和浸了油的箭，烧掉了上千栋临海的房屋。此后，马尔亚姆国力日渐衰退，财富不断流失，到了鲁西达尼亚军从西方入侵时，甚至已经没有足够的军用资金了。

倘若马尔亚姆国力过于衰弱，军队名存实亡，则有海盗猖獗肆虐之虞；过于强盛又难免会威胁到密斯鲁的利益，还是适度最为理想。

荷塞因三世打量着使者，脑海中不断掠过各种念头。

吉斯卡尔派来的使者名叫欧拉贝利亚，他曾经到过位于帕尔斯的魔境迪马邦特山，在那里目睹了席尔梅斯与奇夫交战。他比吉斯卡尔更早被逐出帕尔斯，来到了马尔亚姆，在惨绝人寰的内战中活了下来，一步步爬上了新国王使者的地位。

"……是吗，那太好了。代我向贵国新王问好。"

荷塞因三世说出了如假包换的外交辞令。

"谢谢您。新国王也由衷感谢荷塞因陛下的好意。先前僭称教皇的逆臣波坦前来求援时，荷塞因陛下的高明处理也令我方不胜感激。"

"哪里，不必言谢。新王是否已将逆臣波坦诛杀？若是如此，更是再好不过。"

荷塞因三世俯视着使者，试图看清他的神色。欧拉贝利亚恭谨地低下头去，掩饰住面上表情。

"让您担心实在抱歉。逆臣波坦执迷不悟，顽固对抗新王，但目前仅剩位于边境的两三座城池在他控制之下，大概到我回国时便能接到他全军覆灭的消息了吧。顺带一提……"

欧拉贝利亚改换了话题。

"过去密斯鲁与马尔亚姆两国之间，一直存在着一种不幸的对立关系。"

"嗯，确实算不上幸福。所以呢？"

"因此，我们的新国王认为，两国对立是上一个时代的事情，曾与密斯鲁为敌的旧王朝如今也已经灭亡了。今后两国要携手合作，维护海上和平，公平分享财富。新国王正是为了表明此意，才派我来见荷塞因陛下的。比如说……"

"唔，比如说？"

"比如，如果密斯鲁国遭到帕尔斯国的非法入侵，我们新马尔亚姆王国将举全国之力支持密斯鲁国。"

荷塞因三世在心中皱起了眉头。原来如此，吉斯卡尔真是个老奸巨猾的家伙。国内局势一趋于稳定，立刻开始推行外交阴谋，不仅讨好密斯鲁，一旦有机会还企图挑拨密斯鲁与帕尔斯开战。密斯鲁军若能击败帕尔斯军自然正中下怀，要是双方能打个两败俱伤更是再好不过。荷塞因三世心中恶狠狠地咒骂道，谁要上你的当啊——当然，他没有说出来。

"吉斯卡尔王的好意我心领了。此番能与贵国修好，我从心底感到非常高兴。"

他停顿了一下，凝视着使者。

"敝国爱好和平，与帕尔斯乃是一衣带水的邻居，希望和帕尔斯也能像与马尔亚姆一样建立友好关系。"

想来这次要轮到欧拉贝利亚在心中皱起眉头了。他们继续交谈了几句，欧拉贝利亚将带来的珍珠工艺品作为礼物献给荷塞因王，便先行告退。翌日双方将会进行更久的会面。

欧拉贝利亚走出王宫，回到了宿馆。他从马尔亚姆来时所乘坐的船正停泊在迪吉雷河的港口。那是一艘可以搭乘三百人的大船，船舱内部颇为豪华，只是在海浪中颠簸了一个多月之后，即使宿馆环境略嫌简陋，他也更愿意住在其中。

宿馆位于港口的另一侧，与停泊处隔着一个小型的海湾。一块以石填海造出的填筑地上矗立着一栋两层高的白色楼房，四周环绕着大量亚热带鲜花和树木。这里有专用的码头，可以停靠容量二十人左右的小船。

迪吉雷河的水源源不断地流入海湾，绕湾半周后流向大海。上游暴雨时，河水有时也会冲来数具被溺死的尸体，卷着一起绕湾半周。若要把这幅画面称作密斯鲁的独特景观，听起来又未免有些杀气腾腾了。

"阁下，有东西从上游漂过来了。"

一个军官叫道——准确说，那是随着绕湾半周的河水一同漂来的。在映着夕阳闪闪发亮的水浪之间，一个黑色的东西若隐若现。

"那是一个人！好像抓着漂流的木头失去意识了。要去救吗？"

"救。"

欧拉贝利亚简洁地下令道。他心中觉得有些麻烦，但也不能眼睁睁地看着那人死掉。身在密斯鲁国内却对密斯鲁人见死不救，在外交上是非常不妥的。

四五名士兵乘上小船划近漂流木，用鹰嘴钩和木棒把木头拖近。欧拉贝利亚站在填筑地的一角注视着这一幕，又咸又辣的水花不断溅上他的面颊。士兵们花费了比预想更久的时间才终于达成目的，划着小船返回岸边。溺水者也被拖上了陆地。

"是一个女人，她还活着。"

"看起来还很年轻啊。奇怪，也不像是渔民，是有什么苦衷才投水自尽的吗？"

欧拉贝利亚随手用指尖拨开女子湿漉漉的黑发，一张紧闭双眼的脸出现在他面前。她的面容美丽得出人意料，欧拉贝利亚不由得心下一惊。女子麻制的衣袖卷了起来，露出丰满的手臂，上面戴着一个图案复杂的手镯。欧拉贝利亚站起身来，命部下去唤来医生。

第四章　雷鸣之谷

I

乌云从克特坎普拉城上空缓缓压下。蕴含在空气中的炎热和潮湿化作一股令人不快的风，迎面吹来。

城墙四周扎满了辛德拉军的营地。他们搭起帐篷，挖好战壕，围起栅栏，摆出一副准备长期围城作战的架势。

"这风真讨厌啊，越吹越闷热了。"

"似乎要下雷阵雨了。"

"能下最好。下雨之后应该就能凉快点儿了。"

辛德拉士兵擦拭着汗水，你一言我一语地交谈着。他们虽在南方出生长大，却并不喜欢这种让人汗如雨下的闷热酷暑。当然是越凉快越好了。

"面具军团会来吗？"

"谁知道呢。不过他们是特兰人的话，在雷雨结束之前是不会攻上来的。"

"为什么？"

"你不知道吗？特兰人最不喜欢打雷天了。"

他们抬头望向天空，又擦了擦汗。

黑压压的乌云从西边扩散开，遮住了大半片天空。云海汹涌翻卷，一道道飞舞在其间的白色闪光映入了士兵们的眼帘。

负责指挥辛德拉军的是国王拉杰特拉二世本人，另有普拉嘉、亚拉法利两位将军辅佐左右。他们在帐篷里对作战计划进行着最终确认。拉杰特拉毫不掩饰自己一副热得有气无力的表情，不断用蒙着薄绢的椭圆形团扇朝胸口扇着风。

"听好了，过一会儿面具军团打进来，我们辛德拉军虚晃几枪就放他们过去。潜藏在城中的帕尔斯军会伺机打开城门。等面具军团一进城，接下来交给帕尔斯军就好了。"

普拉嘉、亚拉法利都心知肚明——最重要的一点是"交给帕尔斯军"。

"难得帕尔斯军赶来相助，还帮我们拟定了作战计划，要是不把最关键的舞台交给他们表演，未免有失礼数。"

拉杰特拉大言不惭地说道。普拉嘉和亚拉法利已然习惯了这位国王的性格，便点头应和道"陛下所言极是"。不过，他们身为习武之人，还是希望尽可能亲手歼灭这支横行妄为、恣意掠夺的面具军团。毕竟迄今为止次次都被打得狼狈不堪，辛德拉军实在有些颜面无光。但由拉杰特拉看来，却是——

"如果只靠面子就能打赢的话，就不会这么辛苦了。"

只要能避免多余的辛苦，不管多少面子随便对方拿去就好，这就是拉杰特拉的人生信条。

此刻，正有一支骑兵队顶着满天的乌云径直逼近克特坎普拉城。士官们都戴着银色的面具，士兵们也皆以布蒙面。策马冲在最前面的人，持有的人生信条与拉杰特拉截然相反。身为帕尔斯旧王朝的幸存者，席尔梅斯不惜为了保全颜面和荣耀而舍弃自己的生命——不仅是对自己，他对别人亦是如此要求。

"如风一般撤回邱尔克。"

这是席尔梅斯原先的计划，现在却有一些变数发生，令他事与愿违。

邱尔克军从边境闯入辛德拉境内，并固守克特坎普拉城不出，这是打乱他计划的最大原因。更重要的一点是，他没能准确掌握两万帕尔斯军正驻扎在辛德拉境内这个事实。

起初，辛格将军成功占领了克特坎普拉城，派使者赶赴面具军团处，命其前来会合。此时，使者只向席尔梅斯传达了辛格的指示，却没有告诉他，辛格是被帕尔斯军打得落花流水，狼狈地一头冲进辛德拉境内的。邱尔克军不想被面具军团知悉自己的丑态。虽然双方姑且算是友军，但面具军团不过是一群走投无路的特兰人，邱尔克军并未真正将他们当做友军。

另一方面，在未被告知确切消息的状态下，即使勒令席尔梅斯和面具军团赶往克特坎普拉城会合，他们也不会乖乖遵从。辛格将军原本就没有权力对面具军团发号施令，能够命令席尔梅斯的唯有邱尔克国王卡鲁哈纳一人——而且也不是命令，是请求。

席尔梅斯原本打算尽快率领面具军团返回邱尔克，但特兰人与邱尔克人爆发了激烈对立，最后杀光了所有的邱尔克监军。他们无法就此回国了。席尔梅斯判断，现在只能救出克特坎普拉城中的邱尔克军，让他们欠自己一份巨大的人情；或者赶走邱尔克军，自己占领克特坎普拉城——无论如何，都必须进入克特坎普拉城。

归根结底，这都是卡鲁哈纳没有为辛德拉战场的全部军事行动委派一名最高指挥官所造成的失败。卡鲁哈纳那种万事都要亲自制定方针并进行指挥的做法，实行起来是很困难的。后来他虽然也派出了王族卡德斐西斯，真实目的却是为了驱逐这个手握权势的贵族。

即便如此，最初也应该一切顺利才对。面具军团仿佛暴风雨般横扫过整片辛德拉西北部，只待帕尔斯军渡过卡威利河前来救援，等候在附近的辛格将军便会率手下五万精兵如洪水般涌入边境，截断帕尔斯军的后路。若有必要，还将陆续从边境投入兵力。邱尔克或许可以借此机会，一举夺取大陆南部的霸权。

然而，卡鲁哈纳王的野心和如意算盘却彻底被粉碎了。一位画技拙劣、言辞刻薄的人物仅凭一己之力，改变了历史的流向。

这位人物——帕尔斯的副宰相兼宫廷画家那尔撒斯，此刻正站在克特坎普拉城的大厅当中。克特坎普拉城只是一座为战争而修建的城池，并不是一栋宫殿。这座朴素的石制建筑中没有什么装饰，唯有大厅的圆形屋顶上装饰着色彩鲜艳的瓷砖，略微增添了一抹亮丽。

"这瓷砖真是不错。如果能在一整面天花板上画满画,意境一定会更加雅致。"

那尔撒斯悠悠仰望着圆形屋顶,并肩站在他身旁的黑衣骑士则被将窗子照得雪白的闪电吸引了注意力。

"这天气正合了恶魔唯恐天下不乱的心意。那尔撒斯,那群戴着面具的掠夺者会如你所料,赶到这座城来吗?"

"这个嘛,也许会来,也许不会来。"

那尔撒斯看似悠然自得,思绪却飞速运转,仿佛火花四溅。他打算在这座位于辛德拉边境的城中,和那个来自旧日帕尔斯的亡灵做个了断。然而,若亡灵不肯现身,径自返回邱尔克,又该怎么办呢?

"到了那时,只消封锁与邱尔克交界处的关口便好。接下来邱尔克国内无论发生什么,就都与我们无关了。"

他会这样说,也是因为已经拟定了针对邱尔克国王卡鲁哈纳的计策。那些模仿卡德斐西斯笔迹所伪造的信函,想必派得上用场。

而关于席尔梅斯个人,达龙和那尔撒斯只字未提,毕竟提了也毫无意义。绝对不能把帕尔斯的王位让给他。就算对他寄予同情,也只会伤害他的自尊,引发他的愤怒。倘若他拔剑相向,便只能接受挑战并将其斩杀。这就是达龙的任务——不如说,除了达龙,再无人能手刃席尔梅斯。达龙和那尔撒斯二人最后一次讨论该如何处置席尔梅斯,是在进入克特坎普拉城之前。

"席尔梅斯殿下的确是杀害我伯父的仇人，但他毕竟是主君的血脉，这一点始终令我难以释怀。"

"别在意，达龙，我又何尝不是如此呢？"

"要是我反而被他杀掉怎么办？席尔梅斯王子的身手可是不容小觑的。"

"那样陛下就只有陷入悲伤了。"

友人绝情的用词令达龙心如刀绞，而亚尔斯兰的心痛想必更甚于达龙。"天空中没有两个太阳，地面上唯有一位国王"——达龙不禁忆起这句家喻户晓的诗……

贴着瓷砖的圆形天花板上回响着轻快的琴声。那是琵琶的音色，是"流浪乐师"奇夫在即将开战之际演奏的旋律，但它并不是哀悼即将赴死的战士们或是祈愿和平那样严肃正经的音乐。他奏响的乐曲、吟诵的诗句、使出的剑术、挂在嘴边上的甜言蜜语，都是为了献给美女——也就是站在窗边的那位黑发碧眼的女神官。

"美丽的法兰吉丝小姐，再过不久，那群爱好杀戮胜过恋爱的暴徒就要把这片山谷变成全辛德拉最大的墓地了。真是太悲惨了。"

"这么广阔的墓地里，肯定也有你的一席之地了？"

"唔……虽然只和一群男人被埋在一起让我很不舒服，但是为了法兰吉丝小姐的笑容，我愿欣然赴死。"

"我还是觉得你应该去探寻一下别的死亡意义。"

美女冷淡的声音没能浇熄吟游诗人的热情。奇夫抬手在琵琶上抹响两个音节，更加大言不惭地答道："哎呀，毕竟我是个笨拙的男人嘛，一旦有了心中所爱，就再也看不到其他女人了。法兰吉丝小姐真的就像那灿烂的太阳，满天繁星都在你的光芒下黯然失色。"

"真是巧舌如簧。不觉得你和那些邱尔克美女、辛德拉佳人数不胜数的风流韵事，正好与这番辩解背道而驰吗？"

"啊呀，法兰吉丝小姐，玷污了你这位女神官的耳朵实在抱歉，但我散布那些有悖于事实的传言，不过是为了吸引你的注意。请尽情嘲笑坠入情网的男人是多么的愚蠢吧。"

"这并不值得嘲笑，但我不介意承认你的愚蠢。"

一阵潮湿闷热，令人颇为不快的风从窗口吹来，抚过法兰吉丝绸缎般的漆黑秀发。奇夫拨弄起琵琶琴弦。

"唉，这风真是不解风情。既然要吹过来，就该让薄衣飘舞起来才好。"

"事到如今或许也没什么好问的了，可是艺术对你来说，究竟有什么意义呢？"

"依我看来，艺术和宗教是一样的。如果连美女的忧愁都不能宽解，就没有存在的意义了。"

他轻佻的话语中蕴含了一丝颇为真挚的感情。法兰吉丝似乎感觉到了这一点，嘴上却说道："可是呢，艺术家和宗教家反倒最会蛊惑人心——虽说你也并不是真正的艺术家。"

法兰吉丝走向走廊，把陷入沉默的奇夫留在了原地。亚尔佛莉德欢蹦乱跳地跑了过来。她今年已经二十岁了，却依然活泼有余，成熟不足。

"亚尔佛莉德，你没有和那尔撒斯大人在一起吗？"

"他正在和达龙大人探讨一些很严肃的话题，我不能去打扰他。"

"……你对那尔撒斯大人还真有耐心啊。"

这不太像是个法兰吉丝会问出来的问题。亚尔佛莉德瞬间露出惊奇的表情，看了美丽的女神官一眼，仍然坦率地答道："只要我有足够的价值，那尔撒斯总有一天会看向我的。我不打算太着急，就算变成白发苍苍的老爷爷老奶奶了，也能谈恋爱呀。"

"也是。"

法兰吉丝笑了，露出一种姐姐看妹妹的表情。

"亚尔佛莉德确实很有可能呢。你大概一辈子都不会尝到内心衰老的滋味了吧？"

"我可以当你是在夸奖我吗？"

"我这可是至高无上的赞美，你没听出来吗？"

法兰吉丝轻轻拍了拍亚尔佛莉德的肩头，踏着宛如清风一样的步伐离去了，只在亚尔佛莉德的嗅觉中留下了些许柠檬般的微香。

亚尔佛莉德转身走了不到十步，便在走廊的拐角处与耶拉姆不期而遇。耶拉姆双手端着一个托盘，上面放着空碗碟，原来他是给关在牢里的卡德斐西斯送饭去。耶拉姆一看到亚尔佛莉德的脸，便习惯性出言挖苦道："你心情挺好的嘛，亚尔佛莉德。又想出什么给那尔撒斯大人添麻烦的鬼点子来了吗？"

"嘻嘻嘻。"

"你干什么啊，好恶心。"

"你还是个小孩子，大概不会明白，喜欢上一个人是一件很——幸福的事情哟！"

正当耶拉姆有些扫兴，打算反击的时候。

强光把耶拉姆的半边脸照得雪白，一阵言语难以描述的巨响在他们耳边炸开。亚尔佛莉德不由得捂住双耳蹲了下去，耶拉姆也一瞬间怔住了。窗外开始落下白色的雨幕。

II

"下起来了呢。"

奇夫自言自语着，一反常态地缩起肩膀，似乎觉得有点儿冷。他把琵琶放在墙边，检查起挂在腰间的长剑。正在这时，绷紧了表情的法兰吉丝从他面前走过。

"喂，法兰吉丝小姐，你怎么连声招呼都不打，真是太无情了，太无情啦！"

奇夫故作开朗地叫着，追在她身后。此刻，城外已是鲜血泥泞漫天飞舞。从辛德拉军阵营的一角，传来哨兵的大叫：

"面具——"

一句话尚未说完，便在半空中戛然而止。两支长枪同时刺穿了那个辛德拉士兵的身体，将他抛了起来。倾盆大雨中夹杂着鲜血，红色的水沫划过空中。

"来了！他们来了！"

报告的声音骤然变成了哀号。面具军团以乌云压境之势闯进了辛德拉军的阵营。在雨水冲刷下，地面逐渐化作一片泥潭。他们的马蹄踏上地面，左右溅起泥浆，挥剑横扫，辛德拉步兵的首级便拖着血迹飞上天空。他们纵身跃过积满泥水的壕沟，砍断固定帐篷的绳索，用皮绳钩住栅栏，以数匹马的力量将其拖倒。面具军团以骇人的力量和速度搅乱了辛德拉军阵营，每当血沫和惨叫划破雨帘时，倒下的必然是辛德拉士兵。

不多时，面具军团化作一股钢铁洪流，冲到了克特坎普拉城的门前，齐声高呼"开门！"。雷鸣和雨声淹没了他们的叫声，但城门却很快敞开了。戴着面具的骑兵不断从大敞的城门冲入城中，转眼间便有一两千人进了城，这场强行突破看似已经大获全胜。

正在此时，形势突然急转直下。雨声骤然转强，激烈得有如瀑布。城墙上，数千张弓同时向地面射出箭矢，令人无处躲藏。在箭雨和倾盆大雨中，面具军团的人马纷纷栽倒在地。

"是蹩脚画家耍的把戏吗？"

这声大吼有力地说明了银面具的真实身份——全世界只有席尔梅斯一个人会使用这种说法。

席尔梅斯彻彻底底落进了那尔撒斯的圈套。但他一瞬间就反应过来，自己是中了何人设下的圈套。在他尚不知情时，帕尔斯军已经埋伏在了辛德拉境内，并将邱尔克军赶出了克特坎普拉城，自己则留在城里，坐等面具军团到来。

"要撤退吗，银面公子？"

布鲁汉叫道。席尔梅斯不断用长剑拨开倾泻的箭雨，用力摇了摇头。

"冲进城去。跟我来！"

此时就算撤退，也只会陷入更严重的混乱，被对方单方面屠杀。除了冲锋杀敌，别无良策。他轻轻扬起一只手，头也不回地策马疾驰。

正如邱尔克雪路上那声大吼"跟不上就去死！"所体现的，席尔梅斯是一位作风极其严酷的将领，跟不上他指挥的人只有死路一条。这一天，他明知特兰人畏惧雷雨，仍然决定照常实行作战计划。席尔梅斯不顾倾泻而下的箭矢和暴雨，冒着电闪雷鸣，驰骋在城内道路上。面具军团也紧随其后，一同疾驰而去。不断有人中箭倒下，他们前进的势头却没有一丝减缓。

"真是一群死士啊。"

亚尔斯兰站在城墙上自言自语道。年轻的国王深知一支不怕死的军队有多么恐怖，他虽然年仅十八岁，却已经称得上身经百战。

"请陛下待在这里不要动。"

站在一旁的法兰吉丝说道。倘若亚尔斯兰凭一时冲动草率行事，会打乱那尔撒斯的战术。

"我知道了。"

亚尔斯兰点点头，雨水从黄金头盔上流下，形成了一股小小的水流。他来到这里，并不是为了对实战进行指挥，而是为了对战斗的结果承担责任——那尔撒斯和达龙刻意没有将这些话说出口，亚尔斯兰却是心知肚明。

面具军团正持续全速行进，队列骤然大乱。只听惨叫声响起，鲜血喷涌而出，失去骑手的马儿发疯般冲出队列。一队骑兵突然从侧面杀出，向他们展开了白刃战。在刀光剑影、电闪雷鸣之中，席尔梅斯看到一名黑衣黑马的骑士策马冲到他的面前。他露出了苦涩的笑容。

"原来是巴夫利斯的侄子。你恬不知耻地效忠僭王，不令祖先之名蒙羞吗！"

听到这句话，达龙的眉毛动了一下。他凝视着对方银色的面具，缓缓点了点头。

"原来席尔梅斯殿下一直活在过去啊。谁的儿子、谁的侄子、谁的子孙，这种事有那么重要吗？"

"荒唐。"

席尔梅斯冷笑着，手中长剑一挥。雷光把鲜血和雨水映得好似宝石般闪亮。转眼间，雷霆轰鸣，震天撼地。

自克特坎普拉城建成以来，两位如此杰出的剑士在此决斗，恐怕尚属首次。席尔梅斯制止了试图朝达龙刺出长枪的部下，自己重新握好长剑。凝聚在他双眼中的光，比雷电更加凄厉骇人。

"既然你在，那个蹩脚画家也在，就说明亚尔斯兰那小子一定也藏在什么地方。我要先砍下你的脑袋，再把剩下两个人也揪出来，拖去喂胡狼！"

达龙没有回答，只是一言不发地重新握紧大剑。与此同时，席尔梅斯一踹马腹，扑向黑衣骑士。

"……！"

"……！"

两个人一同发出没有含义的咆哮。剑刃猛然相撞，溅起无数火花，又同时弹回。擦身而过的两匹战马也斗志昂扬地嘶鸣起来。两位豪杰在大雨中彼此交换了位置，再次相互瞪视。

不远处又落下一声惊雷。

不等巨响完全从耳畔消失，达龙和席尔梅斯再次一脚踹上马腹。马儿冒着瀑布般的大雨，冲上前去。

两匹马撞在了一起，高高抬起前蹄嘶叫起来。鞍上的二人挥起长剑，展开了激烈厮杀。席尔梅斯劈头一剑斩向达龙头顶，即将命中额头之际，达龙抬手挡开，随即朝席尔梅斯颈项挥下利刃。火花化作小小的雷电四散开来，激烈的铮鸣撕裂了雨声。

向右横扫、向左击打、刺向咽喉要害、一拧身形避过。一回合、再一回合、一刀、又是一刀。双方攻势极其猛烈，若是换作普通士兵，只怕瞬间就要血溅当场，但两位豪杰都顽强地撑了下来。

战马也显露出高昂的斗志，它们纵身跃起，相互冲撞。高高溅起的泥泞甚至溅到了达龙和席尔梅斯的头盔上，立即又被雨水冲刷干净。

"滚去见巴夫利斯吧！"

席尔梅斯破口大骂着，一剑狠狠劈在达龙长剑的护手上，溅起一片红蓝相间的火花。护手当场一分为二，飞进雨中消失无踪。达龙面无惧色，立即抬手反击，席尔梅斯没能招架得住，这一剑直接击中了他的胸甲。白色的裂痕瞬间浮现在胸甲上，席尔梅斯一时间喘不过气来，连忙操控着坐骑，避过了达龙的下一剑。双方调整好气息，缠斗得更加激烈。

Ⅲ

雷雨中的这场生死决斗，仿佛永远都不会迎来终结。事实上，直到帕尔斯军与面具军团的战斗完全结束为止，二人还缠斗在一起，早已超过了一百回合。火花与铮鸣、攻击与防御、雨水与泥土、雷电与乌云。令人眼花缭乱的往复斩击，逐渐指向了一个结局。

那只是极其些微的差距，到不了十比九的程度，甚至连一百比九十九都到不了。然而，达龙的确比席尔梅斯技高一筹。席尔梅斯感觉到了这一点——正因为他是一位杰出的战士，才能够察觉到这一点。而这对他来说，则是一种难以忍受的屈辱。

"难道我会输给巴夫利斯的侄子?!"

席尔梅斯过去曾与亚尔斯兰交手却未能取胜，但那是因为亚尔斯兰所用的武器是宝剑鲁克奈巴特。当时他与达龙实力完全不相上下，现在却产生了些微的差距。这三年多的时间中，席尔梅斯的进步不及达龙。

此刻，有人无法继续忍耐这段漫长而激烈的决斗，挺身而出。那便是老练的特兰武将库特鲁米休。他策马上前，闯入两位豪杰之间。

"银面公子，这里就交给末将吧。"

库特鲁米休已经摘下了银色面具，露出了原本的面容。事到如今，已经没有必要再为欺骗敌人而戴上面具了。

他从旁闯入这场激烈决斗，是为了让席尔梅斯摆脱决斗的负担，去指挥全军。不承想，勃然大怒的不是达龙，反倒是席尔梅斯。库特鲁米休的行动伤害了席尔梅斯的自尊心。

"别碍事！靠边！"

随着咆哮声响起，席尔梅斯的长剑一声长啸。

从斜下方袭来的利刃击碎了库特鲁米休的下颌，砍断了他的骨头，割开了他的颈动脉。纵使特兰骑士身经百战，也没能来得及招架或是闪避这过于出乎意料的一击。库特鲁米休登时血如泉涌，跌落马下。重重摔进泥泞中的瞬间，他张开嘴，仿佛要问"为什么？"，但眼中立即失去了光芒。他的鲜血被泥土吸收，被雨水冲刷，转瞬便褪去了颜色。

这一幕惨剧令达龙大为惊愕，更让罪魁祸首席尔梅斯陷入了震撼。

"糟了……！"

库特鲁米休满是鲜血和泥泞的死状，深深烙在了席尔梅斯的脑海里。沸腾的激情瞬间冷却下来，一股恶寒笼罩了他的全身。席尔梅斯惨叫起来，试图借此驱赶恶寒。他用力挥起长剑，砍向达龙。只要这场惨剧的目击者达龙不从这个世界上消失，席尔梅斯就无法原谅自己。

达龙正面接下了席尔梅斯强力的斩击。火花纷飞，刃声鸣动。达龙一翻他强劲的手腕，甩掉席尔梅斯的剑，反手一剑砍在席尔梅斯的头盔上，间不容发之际，第二剑又砍上了席尔梅斯的剑身。只听一阵异样的声响，席尔梅斯的剑从正中断成了两截，半截剑刃像车轮一样在空中旋转了片刻，刺进泥里。

"不能死掉。不能就这样死掉。"

这个念头闪现在席尔梅斯的脑海里，他猛地采取了一种任谁都无法想象的行动。他虚晃一下手中折断的剑身佯装反击，诱使达龙退后一步，却突然掉转马首，落荒而逃。

席尔梅斯逃走了。这比再猛烈的反击都令达龙吃惊不已。他反射性抬手一击，却砍了个空，身体在黑马的鞍上一晃。当他重新调整好姿势时，席尔梅斯早已逃到了三十步开外。他伏下身体把面具贴在马鬃上，踏着泥浆，任凭雨水拍打着后背，逃之夭夭。

二人之间迅速涌起混战的迷雾，阻止了达龙追逐的脚步。达龙有些茫然地骑着黑马，伫立在原地。

此刻，城外的殊死搏斗也已接近尾声。面具军团把掠夺来的财物和粮食堆在车上，却没能把它们运进城里。先前让开了一条路的辛德拉军从三个方向包围了面具军团，双方展开了激烈冲突。

"这批财物本来就是属于我们辛德拉人的。把它们从掠夺者手中抢回来！"

拉杰特拉从马背上发下命令。他引以为傲的白马全身也沾满了泥污，好似纳巴泰国的斑马。

拉杰特拉并不是只会在口头上煽动将士们的情绪。他指示每三名士兵结为一组，去对付一个特兰兵。首先斩断马腿，待到马儿受伤跌倒，特兰兵就被迫转为徒步。然后三人一拥而上将其包围，以长枪突刺。无须杀死特兰兵取下首级，只要令其丧失战斗力即可。每组士兵只要打倒一个特兰兵，就去支援在左侧战斗的同伴。就这样，辛德拉士兵有条不紊地击败了比己方更加强悍的特兰兵。

"我可不想与帕尔斯的军师为敌啊。"

亚拉法利将军感叹道——因为这项战术正是那尔撒斯传授给辛德拉军的。

隶属于帕尔斯军的特兰人吉姆沙仍然不愿参加城内的杀戮，只是默默骑马伫立在城门附近。说时迟那时快。

"哥哥！"

吉姆沙转过身去。剑光伴着叫声闪过，他军服的袖子随之被划破。泥水高高溅起，两匹马交换了位置。

"布鲁汉，是你吗？"

吉姆沙呻吟道。这时布鲁汉也摘下了面具，露出了原本的面孔。

"本来想感叹一声你长大了，可你这是在干什么啊？要对亲哥哥拔剑相向吗，你这欠报应的小子？"

"丢下故乡投靠帕尔斯宫廷的不是哥哥你吗！"

"你也投靠过来吧。"

吉姆沙比胞弟冷静得多，他举剑维持着警戒状态劝说道。

"我追随着亚尔斯兰陛下多少也立下了些战功，就以此来补偿你与陛下敌对的罪过吧。丢下武器跟我来，我领你去见陛下。"

"哥哥你居然将异国的国王称作陛下吗！"

布鲁汉提高了声音，吉姆沙反驳道：

"你尊为领袖的那位人物也不是特兰人吧？异国的国王又如何，我敬仰的是他的器量，这一点和你难道不是一样的吗？"

"不一样，不一样！"

布鲁汉急得咬牙切齿，那张年轻的面孔湿漉漉的，分不清是雨水还是不甘心的泪水。

"银面公子是真心实意关心我们特兰人的，所以我才会尽忠于他。"

"我不太了解他，可仔细想想，你们只是被利用了吧？"

"就算是哥哥，再说银面公子坏话，我也饶不了你！"

"明明是你先一刀砍过来的，怎么事到如今还说原不原谅之类的话。"

"那是为了吸引哥哥的注意，你看我这不是手下留情了嘛。"

"手下留情？你这黄毛小子别大言不惭了。像你这种水平，再手下留情，能打赢的就只有小羊羔了。"

"少瞧不起人，你这抛弃了故乡的无根草！"

"闭嘴，你这半吊子小鬼！"

事态演变至此，就只是单纯的兄弟斗嘴了。两人在大雨和雷鸣中用特兰语咆哮着，谁都没有砍出第二剑。周围的形势却渐渐产生了巨大的变化。雨势渐弱，雷声也逐渐远去，战斗也即将落下帷幕。无论在克特坎普拉城内还是城外，特兰兵都被追得走投无路，在砍瓜切菜般的攻势下，人数不断减少。

一道银线划破了渐弱的雨帘，斜斜掠过空中。一支箭伴着清脆的声响射中了布鲁汉的头盔，又被弹了开来。布鲁汉趁机收回剑，掉转马头，从兄长面前跑掉了。

此时，吉姆沙若是使出吹箭，一定能打倒布鲁汉，但他只是摇了摇头，便放走了弟弟。

"这样没问题吗，陛下？"

城墙上，耶拉姆单手持弓询问主君，亚尔斯兰默默点了点头。

光芒照在了地面上。那不是雷电，而是从云层缝隙中射向大地的阳光。那是一道洁白、温暖而美丽的光辉，照亮的景象却凄惨至极。克特坎普拉山谷化作了一片泥潭，里面躺着一万多具人马的尸体。

然而，席尔梅斯的身影不在其中。

IV

亚尔斯兰与法兰吉丝、耶拉姆一同走下城墙。那尔撒斯策马走来，向亚尔斯兰行了一礼，报告了胜利的喜讯。

"席尔梅斯逃走了吗？"

"伊斯方率领的骑兵队早已埋伏在城外，任他插翅也难逃出生天。"

那尔撒斯的声音冰冷生硬。不把冷酷贯彻到底，是无法消灭席尔梅斯王子的。

亚尔斯兰点点头，表情苦涩得就像被灌下了来自绢之国的煎草药，但他没有问"能不能想办法留他一命？"，因为那样不仅会让部下的努力付诸东流，还相当于否定了亚尔斯兰的统治本身。

席尔梅斯在位于克特坎普拉城西南一法尔桑（约五公里）处，将败退的同伴重新召集在一处。一千余名特兰骑兵虽然遍体鳞伤，精疲力竭，还是成功逃出生天。多尔格和库特鲁米休的身影不见了，但布鲁汉依旧健在。席尔梅斯率领着一行人继续向西南方向行进。

两只小狼在伊斯方脚边嬉戏。它们是伊斯方在纵穿邱尔克国境时在雪路上捡到的，似乎父母双亡，到处乱跑时迷路了。伊斯方有个绰号叫"被狼养大的人"。他尚在襁褓中时，曾一度被遗弃在山里，直到被哥哥夏普尔救回去为止，都是靠着狼的奶水活下来的。当时他还是婴儿，并不会记得这一切，但得知此事后，他对狼总是抱有一种莫名的亲切感。

它们虽说是小狼，但也已经断奶了，伊斯方平时会用羊肉和小麦熬粥喂它们。行军匆忙，无暇熬粥时，伊斯方就会自己把肉嚼烂，再喂给它们。伊斯方在马鞍旁挂了一个麻袋，把两只小狼放在里面，从邱尔克一路驰骋奋战，一直来到辛德拉。

"听说你救了两只小狼，一到晚上就会变成美貌的少女是吗？"

有人这样揶揄伊斯方，但他并没有放在心上。他为毛色发红的小狼取名"火星"，右眼周围有一圈深色毛发的小狼取名"土星"。

两只小狼在伊斯方脚边摆出警戒姿势，发出低沉的咆哮，倒竖起全身绒毛，怒目瞪向东北方，仿佛想要保护自己的救命恩人。

"火星，土星！今天就先乖乖不要动。"

以星星命名的两只小小勇者，被拎着脖子丢回了麻袋里。伊斯方翻身上马，向他所率领的一千五百骑兵扬手示意。

席尔梅斯一行人避开化为泥流的道路，在较为干燥的高地上疾驰。他们丢掉掠夺的物资，抛弃牺牲的战友，放弃了名誉，落荒而逃，不想伏兵却向他们袭来。伊斯方率一众人马跃过山脊，仿若雷云再度涌现般，从侧面追上了败军的队列。

双方人数几乎相同，但疲劳程度和斗志却是天壤之别，地形上也是帕尔斯军占据优势。他们从马上当头一波放箭齐射，便有五十多名特兰兵从鞍上滚落。第二波，又是三十人被放倒。帕尔斯兵没有发起第三波齐射，他们丢下弓，拿起剑冲了上去。只见寒光闪耀，鲜血横飞，特兰人纷纷被砍翻在地。

然而，席尔梅斯竭尽全力，终于还是突破了包围圈的一角。他挥舞断剑刺向敌人的面孔，砍伤他们的手，将接近他的人踹落马背，再从敌人手中夺过长枪，左右突刺横扫。即便是骁勇无匹的帕尔斯骑兵，看到这骇人的一幕也不由有些畏缩，将席尔梅斯放了过去。

席尔梅斯的执着取得了胜利。那并不是对活下去的执着，而是对于名誉的执着。他中了那尔撒斯的诡计，被达龙的剑逼落下风，丧失理智杀死了库特鲁米休。克特坎普拉成了他的屈辱之地，一天不能东山再起、挽回名誉，席尔梅斯就死不瞑目。

此刻，随席尔梅斯一同逃离战场的将士仅有一百余人。面具军团全军覆没。

漫长的雷雨终于停了，微凉的空气笼罩着克特坎普拉山谷。

帕尔斯国王亚尔斯兰与辛德拉国王拉杰特拉一同策马并肩巡视战场，慰问幸存的将士。仅是面具军团就有八千余人战死在泥泞之中，刺在他们身上的箭矢、利刃和长枪隐隐约约反射着阳光。辛德拉军折损了二千五百人，帕尔斯军则有五百人阵亡。这是一场沾满泥泞与鲜血的胜仗。

"这样一来啊，说不定特兰整个民族都要灭亡了。"

拉杰特拉很难得地表示了同情。毕竟这种时候，就算表达同情也没有什么损失，这也是胜利者的游刃有余。当然反过来也可以说，拉杰特拉在不涉及利害关系的情况下，是一个极其善良的人。

亚尔斯兰心情也非常沉重。这些死者中，一半都是与他年纪相仿，甚至比他更为年幼的少年。一想到有这么多年轻人战死沙场，他就不由得悲从中来，然而——

"就算他们还是少年，或是正苦于饥饿，也不是可以随意劫掠别国、残杀百姓的理由。还望陛下的伤感适可而止。"

那尔撒斯故意冷冷地讲出大道理，亚尔斯兰和拉杰特拉都默默点了点头。没过多久，拉杰特拉似乎重新振作起来了，他换了一个话题，开始询问亚尔斯兰要如何处置那个孤独的囚犯卡德斐西斯。

"我想，就把卡德斐西斯交由我来处置，你看如何呢？"

"可是，拉杰特拉大人……"

"哎呀哎呀，亚尔斯兰大人，承蒙你千里迢迢专程从帕尔斯赶来救援，如果连卡德斐西斯都要麻烦你照顾，未免太恬不知耻了。至少卡德斐西斯的伙食费应该由我来承担。"

这番话说得颇有拉杰特拉的一贯风格，他那活泼明快的口气让亚尔斯兰表情缓和起来。亚尔斯兰没有立即作答，只是瞄了一眼那尔撒斯的表情，只见那尔撒斯微笑着行了一礼。于是，卡德斐西斯便被移交给了拉杰特拉。

耶拉姆策马走到恩师身旁，悄声问道：

"那尔撒斯大人，这样没问题吗？"

"你是说哪样？"

"把卡德斐西斯大人移交给拉杰特拉王，这样不会有些不妥吗？"

"耶拉姆为什么会觉得不妥呢？"

那尔撒斯饶有兴致地看着自己的爱徒。耶拉姆边整理思路边答道："卡德斐西斯大人是邱尔克国的贵族，拥有继承王位的资格。要是拉杰特拉王扣留了他，肯定会把他当作外交或谋略工具，在各种场合加以利用的。"

"嗯，对。"

"他迟早会扶植卡德斐西斯大人登上邱尔克的王位，让邱尔克成为辛德拉的附属国。"

"的确，拉杰特拉王很可能有此打算。"

"这样的话，那尔撒斯大人……"

"可是啊，耶拉姆，任何事物总有其另一面的。"

那尔撒斯抚摸着下颌。

"卡德斐西斯既是工具，也是火种。一旦得知他在辛德拉国，卡鲁哈纳王的心情想必无法平静，这时，邱尔克就会将敌意指向辛德拉，而不是帕尔斯。"

"是的，我明白。难道拉杰特拉王没有考虑过这种风险吗？"

"不，想来他是经过考虑才这样决定的吧。"

那尔撒斯愉快地抬头望向天空。

"还有一种方案，一旦有必要就把卡德斐西斯的首级送往邱尔克，以讨卡鲁哈纳王欢心。拉杰特拉王大概是这样盘算的。"

如此看来，卡德斐西斯大人的确令人同情，但他也不是没有野心和才智，应该努力去拯救自己——那尔撒斯如是评论道。

伊斯方回到国王面前复命。

"陛下，臣实在抱歉，没能手刃面具军团的主帅。"

"没关系，伊斯方，不要在意。面具军团一败涂地，丧失了战斗力。出兵的目的已经达到了。你辛苦了。"

亚尔斯兰心中的一块大石头落了地。他明白自己身为一国之君的职责，可是如果看到席尔梅斯的人头就太影响心情了。当然，这也只是一时的安心，不过是将讨厌的事情拖延到未来再面对罢了——亚尔斯兰这样提醒着自己，忽然看到伊斯方脚边摇着小尾巴的两只小狼，嘴角不禁绽开了笑容。

耶拉姆仍在与那尔撒斯交谈。

"说实话，我觉得很意外，那尔撒斯大人。我还以为席尔梅斯王子会看都不看一眼克特坎普拉城，直接返回邱尔克呢。"

"对，这是最佳方案。恐怕他也曾经考虑过这个选项。"

然而，那尔撒斯的策略却极其毒辣。他将邱尔克军赶出克特坎普拉城，并由辛德拉军护送至边境。当时，那尔撒斯向拉杰特拉二世提议，让辛德拉军继续留在边境。这些辛德拉军摆出修筑战壕、栅栏的样子，又散布出流言，内容如下：

"辛德拉大军在边境筑起阵地，试图阻止面具军团回国。倘若攻打阵地费时太久，辛德拉军的主力就会从背后袭来，对面具军团形成两面夹击。"

席尔梅斯听到这种流言，一定会踌躇不决。特兰兵不擅长阵地战，也不愿背后遭到袭击。

假如席尔梅斯无视这番流言，直奔邱尔克边境，流言就不仅止于流言，还会成为事实。此外，倘若席尔梅斯在短时间内突破边境，逃入邱尔克境内，那封仿照卡德斐西斯笔迹伪造的信函就要派上用场了。那封伪造的信函中写了这样的内容：

"我卡德斐西斯，今后将不再听命于卡鲁哈纳王。国王为人冷酷无情，让数万士兵孤军深陷敌国境内，却拒不出兵救援。今后，我将与帕尔斯国王族席尔梅斯大人携手合作，致力于在邱尔克国推行仁政。"

邱尔克国王卡鲁哈纳收到这封信后，会采取怎样的态度呢？他至少会对席尔梅斯产生一丝怀疑吧？接下来，那尔撒斯只消煽风点火，让猜忌的火焰燃烧得更旺，便大功告成。

那尔撒斯向席尔梅斯撒下了重重罗网。他唯一的担心是席尔梅斯转而攻下别的某座城池，并死守其中。但席尔梅斯一定也很清楚，特兰军并不擅长攻城和守城。如此一来，席尔梅斯眼下若要打破僵局、争取时间，就唯有与克特坎普拉城中的邱尔克军会合一途，别无选择。若是面具军团与邱尔克正规军会合，一同固守城中，竭力抵抗，只怕卡鲁哈纳王也无法袖手旁观，只得派大军前来救援……

那尔撒斯将席尔梅斯的心理分析得一清二楚。他打了个小小的哈欠，作出了结论。

"总之，席尔梅斯殿下没有别的选择。他错就错在不该去投靠邱尔克国王。只要席尔梅斯殿下一天还活着，就一定会不断谋求东山再起，而我就会将他击溃，仅此而已。"

"……竟能面不改色地说出这么可怕的话来。"

耶拉姆感叹道。那尔撒斯在运筹帷幄、调兵遣将时一向冷酷无情，但这种冷酷无情并不会变成阴险恐怖，因为那尔撒斯不是一个自私自利之人。况且，那尔撒斯很清楚自己所做的一切意味着什么。他想尽可能正大光明地前进，但有时为了维护国家利益，也不得不牺牲许多生命，玩弄阴谋诡计。那尔撒斯明白，这一切都是必要的手段，而需要它们则正说明了人们的愚蠢。

总而言之，帕尔斯军将辛德拉军从面具军团的威胁中解救了出来，又休整了七天，便班师回国。帕尔斯历三二五年四月下旬，正如宫廷画家那尔撒斯所预告的那样，事情在夏天到来之前就解决了。

于是，亚尔斯兰的这场大规模远征，暂且落下了帷幕。

V

"草已经除干净了。多少留了一点儿根，不过无所谓。毒草要是再蔓延开来，我就再把园丁叫来。"

送走了帕尔斯军，辛德拉国王拉杰特拉二世自言自语道。园丁自然指的是帕尔斯军。这一次，拉杰特拉全额承担了帕尔斯军的军费，以及对阵亡者家属的吊唁金、伤员的治疗费、外加谢礼，总共付给了亚尔斯兰十万枚辛德拉金币。

"您实在是太慷慨了。"

亚拉法利将军等人大吃一惊，毕竟拉杰特拉迄今为止对帕尔斯军的态度都是"尽量压低成本，多使唤他们"。而面对亚拉法利将军的讶异，拉杰特拉的回答则是——

"别在意，只要这样付一次钱，下次、下下次就可以拼命使唤他们了。把这笔钱当成一种投资就好。"

"您原来是在投资吗？"

"你看到那位好好先生亚尔斯兰了吧？他反而把不好意思写了一脸呢。下次再叫他的时候，他一定会飞奔而来的，哇哈哈哈。"

这一边暂且按下不表。却说那邱尔克国王的堂弟卡德斐西斯，成了辛德拉国的贵客——这种时候，贵客意味着"高级俘虏"。帕尔斯的宫廷画家将卡德斐西斯移交给拉杰特拉时，露出了一种嘲弄的眼神，拉杰特拉对他的眼神有些不满，但决定忘记这件事。他指定普拉嘉将军担任监视者，并发出指示：

"卡德斐西斯大人将来说不定会登上邱尔克国的王位。虽然不必太过奢侈，但多少让他过得讲究些吧。"

这还不是指示的全部。

"将他的每一笔开销好好记录下来，以备日后一次性报销。"

拉杰特拉再三叮嘱道。其实他很想给邱尔克国王卡鲁哈纳写一封亲笔信："请您不要没收卡德斐西斯大人的财产。可能的话，请将那些财产悉数寄到敝国，或每月为他寄来生活费。"

不过他也只是想一想而已，终究不可能真的付诸行动。

"还是有点儿丢人啊。"

拉杰特拉笑道。普拉嘉将军在心中提出了异议——才不是"有点"，而是"非常"吧？但与拉杰特拉相识已久的普拉嘉将军最终还是彬彬有礼地保持了沉默，避免了无意义的风波。

卡德斐西斯似乎想开了，被押送时也没有抵抗得太激烈。他并未咒骂命运，而是选择了靠自己的才智开创未来。他认为，即使返回邱尔克国，也不知何时就会遭到卡鲁哈纳王猜忌，招致祸端。拉杰特拉虽以"你的东西就是我的"为座右铭，但至少不是一个无谓残忍的人。只要让他有利可图，就能与他和平共处。

卡德斐西斯只提出了唯一一个要求。他怕热，所以希望自己能被幽禁在凉爽的地方。

"一个邱尔克人提出这种要求是非常合理的。好，就让你待在青山山城里吧，那里就算夏天也很凉快。"

拉杰特拉说出的地名是辛德拉全国首屈一指的高山。于是，卡德斐西斯至少不用担心自己会死于炎热了。

从国都乌莱优鲁走上两天，就能抵达港口城市马拉巴尔。这里是辛德拉最大的海港，也是贸易与航运中心。据辛德拉学者称，远古火山塌陷留下的痕迹形成了这个近似圆形的海湾。马拉巴尔港的规模以及繁盛程度接近帕尔斯国的基兰港，热带花朵缤纷飘舞，香气浓郁令人窒息。这个城市生机勃勃，但漫长的酷暑和暴风雨的侵袭使它在别国船员中口碑不佳。

四月底的某个夜晚，一场人形的暴风雨悄悄潜入了马拉巴尔。来者多达百余人，领头的是一名以薄布遮住右半张脸的高个男子。帕尔斯前王族席尔梅斯与追随他的一百零四名特兰人丢盔弃马，一路跋涉来到了这里，打算劫持一艘停泊在港口边缘的武装商船。

这艘船名叫班德拉号，总共可搭载两百名乘客与船员。船内载有足够维持两个月的粮食和饮用水，还设置了弓弩、火焰弹和其他武器，以防海盗袭击。白天，船上还堆满了用于交易的金币和象牙、龙涎香、胡椒、肉桂、白檀、茶、珍珠等贵重商品。

调查过这些详情后，席尔梅斯伫立在夜晚的湾岸。海浪在脚下沙沙作响，远处的夜光藻发出蓝色的微光。站在一旁的布鲁汉不由得感叹出声。

"这就是大海吗？"

和亚尔斯兰之前一样，布鲁汉也是第一次见到大海。但这一次，他只看到了即将被黑夜所主宰的海面，还没有机会真正感受到大海的广阔。

榕树和棕榈叶在阵阵晚风中悠然摇曳。只是连这晚风也潮湿闷热，让特兰人汗流浃背。

就算劫持了船只，特兰人也不懂航海术。只能靠星星的位置辨认方向。因此，必须尽量不要伤及船员们的性命——席尔梅斯确立方针后，便挑选了三十名士兵，开始实施夺取班德拉号的计划。

班德拉号停泊在离海岸还有些距离的地方，如果在海面上也能以步行距离换算的话，约有一百步远。船体由一根粗如儿臂的缆绳拴在岸边。

席尔梅斯命三十名部下脱掉上衣，他自己也同样脱下上衣和军靴，赤着脚，将短剑连鞘衔在口中。

众人陆续抓住绳子，走进海中。海浪比想象中更大，紧抓着绳子的特兰人像球一样随波涛沉浮。在岸上的七十四名同伴屏息凝神静候捷报的同时，席尔梅斯一行人顺着绳索，逐渐接近了海面上的猎物。

席尔梅斯事先严令部下：

"不要松开绳子，一松手就只有死路一条。"

这并不是单纯的威胁。特兰人勇猛果敢，但不识水性，更何况即使对善于游泳者而言，夜间渡海也绝非易事。然而，特兰人抱着不惜一切的决心达成了目标。有三个人没能抓住绳索，沉入了漆黑的海底，但连他们都没有发出一声惨叫。

连席尔梅斯在内的二十八人沿缆绳前进，最终抵达了班德拉号。缆绳后半段由海面拉起，系在船头。特兰人不及辛德拉人善于攀爬，但他们仍然一个接一个顺着缆绳爬上了甲板。甲板上有一名水手在望风，他原本已经进入了半睡半醒的状态，突然发现情况不对，一跃而起。

这名辛德拉水手正要高声发出警告，被劫匪一刀砍翻在地。

这群危险分子几乎无声无息地站上了甲板。特兰人普遍视力极佳，他们又赤着脚，不会发出脚步声。况且他们素来惯于战斗，又是平生初次游泳顺利告捷，更是意气风发。被这样一群人袭击才是无妄之灾。

两个半醉半醒的水手大声交谈着走了过来。他们讲的是辛德拉语，听不懂具体内容，但从语气可以判断他们是在谈论女人。

自古以来，水手们的乐趣永远离不开每个港口的酒和女人。

转瞬之间，开朗的水手们永远说不出下一句话了。两个特兰人悄无声息地扑向一个水手，一人从背后紧紧抱住他，另一个绕到正面，捂住他的嘴巴，用短剑割断了他的咽喉。

一面倒的无声战斗持续进行着。那些不幸的辛德拉人尚未弄清自己被杀的理由，便陆续咽喉喷血，倒地身亡。饱尝过苦难的特兰人沉醉在了复仇之中。

"别继续杀了，没有人开船了！"

听到席尔梅斯的呵斥，特兰人才停止杀戮。

共有三十名水手惨遭毒手。席尔梅斯命令幸存者将尸体在甲板上摆成一排，准备等船一出港，就把他们扔进海里。

一行人放下小船，把等候在岸边的部下接到船上来。小船在班德拉号与海岸之间足足往返了三次。目前，除溺水的三人外，还有一百零一个特兰人、一个帕尔斯人和六十个辛德拉人。班德拉号的容纳空间还相当充裕。

船长年近六旬，面孔在阳光和海潮中被晒得黝黑，胡子已经白了。此人过去也曾有过被海盗俘虏的经验。他暂时放弃了无谓的抵抗，礼貌地询问席尔梅斯："您要我们往哪边去？"

"先出外海，之后再往西走。"

席尔梅斯接着下令，辛德拉水手们只许说帕尔斯语，不准说辛德拉语，违者格杀勿论。原来，席尔梅斯和特兰人都听不懂辛德拉语，就算辛德拉人用辛德拉语商议谋反，他们也无法察觉。

而这个命令正是为了防止这种情况发生。

班德拉号松开缆绳，在夜风中鼓起帆，没有敲响铜锣便起航了。

他们在港口的监视处被吓了一跳。为防止走私，以及保护商船免遭海盗袭击，港口夜间是禁止船只出入的。港口的出入口处设有一座灯台，正当班德拉号在灯台隐约的光亮中行进时，一道红光突然在夜空中绽放出花朵。守卫港口的军船见状便朝他们驶来，席尔梅斯看向船长。

"那道光是什么？"

"是要求停船的信号。"

"你想停船吗？"

"依您吩咐。"

于是席尔梅斯下令"不要停船，尽快驶离港口"。作为专业航海人员，船长还是尝试着提出了异议："这一带海下礁石很多，尤其现在还是夜晚，船速太快是很危险的。"

船长的异议被打断了。席尔梅斯一语不发地抬了抬下颌，特兰兵便从队里拖出一名水手。等不及制止，短剑的剑锋便划过水手的右手腕，登时血如泉涌。水手的惨叫让船长放弃了坚持。

"我们会尽可能加快速度，请饶过他吧！"

"给他治疗。"

席尔梅斯下令，随即唤来布鲁汉，对他进行了一番指示。

班德拉号无视了军船的停战命令，在深夜的海面上破浪疾驰。这些特兰人有生以来还是第一次听到涛声、感受到海风，但他们迅速习惯了甲板的摇晃。马背上的民族——特兰人要在跃动的马背上保持身体平衡简直不费吹灰之力，现在只是把马换成了船而已。

命令遭到无视，军船的讶异很快转为了愤怒，他们把铜锣敲得震天响，这一次是发动攻击前的警告。但班德拉号依然一刻不停地飞速前进。

海浪愈发汹涌，又咸又苦的水沫溅到了特兰人的脸上。他们将船驶进了外海。此时，班德拉号的航速不知为何开始减慢，与紧追而来的军船不断缩短距离。说时迟那时快，班德拉号的船舱突然射出一道宛如落日的光芒，径直刺向军船。

军船熊熊燃烧了起来，金黄与深红的火焰向夜空伸出数百条手臂，帆布和木板发出噼噼啪啪的燃烧声，从班德拉号上都闻得到烧焦的气味。班德拉号再次加速行进，不多时便驶出了军船上火光所照亮的范围，消失在黑暗之中。军船被油脂、硝石粉和硫黄的混合物燃烧殆尽，沉进了海底。

武装商船班德拉号遭到面具军团残党劫持——翌日中午，快马便将这个噩耗带到了国都乌莱优鲁。

这一天，国王拉杰特拉二世醒得很不愉快。接到消息时，他正与两名宠妃一同沉浸在甜美的梦乡里。

"这群阴魂不散的贼人！到底打算惹出多少麻烦啊？"

拉杰特拉连续摇了三次头。本来他正是因为击溃了面具军团，放下心来，才会悠闲地一口气睡到中午。他从宽阔的床上跳起来，裹着一身白色绸缎，召来普拉嘉将军，匆匆下令："去联系帕尔斯。那群特兰人不可能永远在海上漂流，等他们快要靠岸时，就让帕尔斯军干掉他们。我们也派船去搜寻那些特兰人的去向。"

就这样，刚刚才向帕尔斯军慷慨投资的拉杰特拉陛下，立刻得到了收取回报的机会。

第五章　乱云时节

I

时值孟夏五月，帕尔斯王都叶克巴达那正迎来一个绿荫繁茂的季节。

阳光虽然强烈，但空气干爽，时有宜人微风，只要踏入树木或建筑物的阴影，便会感到沁人心脾的凉意。石板地面上也洒了水，水蒸发时就带走了热气。负责洒水的多为老人和小孩，政府按日向他们发放薪水。

货摊支起了芦苇编成的顶棚，以遮挡阳光。地面上铺着绢之国产的竹席，上面摆着哈密瓜等五颜六色的水果，不时地在上面浇些冷水，颜色就会显得分外鲜艳。

制造玻璃器皿的工人们不断向炉中鼓着风，上半身大汗淋漓。他们轮流前去公共水井冲凉，把浸过冷水的毛巾缠在脖子上，又重新回到壁炉前。

有家商店在卖涂着蜂蜜的小麦面包薄片。一个孩子直直盯着面包，身上看来是没有零钱。店主起初没有理会，但最后还是拗不过，给了他一片面包。孩子喜笑颜开地跑掉了。店主朝他的背影吼道：

"可别忘恩负义喔！将来出人头地了，要记得十倍报答我！"

黄昏时分的叶克巴达那，一个头戴白色无檐帽的年轻人走在街上，另一个年轻人并肩走在他身边，个头比他稍稍矮些，但相较于街头其他男子仍显身材颀长。

头戴白帽的年轻人一脸悠闲，他的同伴却佯装出一副若无其事的样子，以锐利的视线打量四周。二人容姿清秀俊美，路上的女性不时向他们投来好奇的目光。

两个年轻人穿过熙熙攘攘的人群，走进一家名为"柏树公主"的酒馆。这家店闻名遐迩，东西各国的商人都慕名而来，据说每张餐桌上都讲着不同国家的语言。一进门，只见大厅和二楼坐满了客人，店员端着托盘和餐具来来往往，来自绢之国的金鱼在水缸里游弋，鹦鹉在墙边的横木上唱着歌，空气中弥漫着香辛料的浓郁气味，满溢着美酒的芳香。

在能够俯瞰到大厅的二楼座位一角，一名状似水手的彪形大汉正等待着二人的到来，菜还没有摆上圆桌。

"不好意思让你久等了，古拉杰。"

戴着白帽子的年轻人——亚尔斯兰说道。

"陛下您还是没怎么变，耶拉姆大人看上去也挺有精神的嘛。"

海之男儿古拉杰向二人打过招呼，便开门见山，切入正题。

"我们所探听到的情报是这样的。停泊在马拉巴尔的武装商船被面具军团的残党劫持，从海上消失了。当时曾有一艘辛德拉军船被烧沉——"

"拉杰特拉大人也派使者来向我传达了同样的消息，看来他没在撒谎啊。"

"毕竟辛德拉国王除了对自己有利的事情，都不会撒谎。"

耶拉姆发挥了继承自恩师的刻薄，亚尔斯兰闻言只得苦笑。古拉杰豪爽地哈哈大笑起来，但立即又止住了笑声。店员们开始将酒菜摆上桌。酒是连壶一起在冰凉的井水里浸泡过的麦酒，此外还有放了鸡肉和葡萄干的手抓饭，放了很多香辛料、烤成金黄色的鸡腿肉，同样放了大量香辛料的炸淡水鱼，小麦薄饼卷牛肉馅和洋葱碎，以及五种水果。总共上了四人份的饭菜，古拉杰一个人就干掉了两人份。

"特兰人不会开船，大概要靠那些辛德拉水手。恐怕他们是被胁迫的。"

"话说回来，他们又是怎么知道船是被特兰人抢走的呢？"

"好像是发现了溺亡者的尸体。"

古拉杰开始解释。武装商船班德拉号被劫后的翌日清晨，一具溺死的尸体被冲上了马拉巴尔海湾的岸边，能看出是赤裸着上半身的年轻男子，身上有数处状似战斗中负伤留下的刀疤。据说尸体所穿的长裤是特兰骑兵特有的装束。此外，他们还听到了一些别的证词，综合起来似乎可以确定——那些逃出克特坎普拉山谷的特兰人已经无处可去了。耶拉姆发表了自己的意见。

"特兰人绝不会只因在陆上走投无路，就萌生出海的念头，毕竟他们一次都没出过海。恐怕是席尔梅斯王子正在指挥他们吧。"

"席尔梅斯大人出过海吗?"

"他曾经在马尔亚姆待过,对大海想必还是有一定程度的了解的。他与鲁西达尼亚国应该也是通过海路而结缘的。"

耶拉姆简洁地下了断言,随即扑哧一笑。

"是那尔撒斯大人这样推测的,我可想不到这么多。"

"看来那尔撒斯大人通晓世间万物,他能生在帕尔斯可真是万幸。"

古拉杰高高举起一大杯麦酒。

亚尔斯兰心想,古拉杰所言极是。倘若那尔撒斯生在了鲁西达尼亚并执掌全军,只怕帕尔斯早已灭亡,亚尔斯兰的首级也早就被挂在鲁西达尼亚军营中了。

不仅是那尔撒斯。"战士中的战士"达龙不管生在哪个国家,都会因为他那举世无双的豪勇而受到重用吧。据说"绢之国"的皇帝也曾想赐予达龙诸侯之位、美女和名马,只为将他留住。达龙虽感念知遇之恩,却分毫未取,仍然返回了帕尔斯。不久后,鲁西达尼亚军便入侵帕尔斯,双方在亚特罗帕提尼平原展开了决战。

"那么,席尔梅斯大人究竟有何企图呢?"

耶拉姆提出了一个最重要的疑问。亚尔斯兰没有立即作答,古拉杰擦了擦沾在嘴边上的麦酒泡沫,答道:

"我不太清楚席尔梅斯大人的为人，但他也不像是个只靠当海盗谋生就能满足的人啊。"

"没错，他的目标是帕尔斯王位。毕竟那位一直坚信，只有国王的子孙才能当上国王啊。"

"话虽如此，可是凭他一己之力又不足以夺取王位，所以只能靠哪位有野心的王公贵族伸出援手了。"

"他这一出海，又难再回邱尔克了……"

听着古拉杰和耶拉姆各抒己见，亚尔斯兰也思索起来。席尔梅斯的确是回不去邱尔克了。邱尔克是一个没有出海口的内陆国家，而且面具军团已经溃不成军，无论侵略还是掠夺，到头来都落得个竹篮打水一场空，只怕席尔梅斯自己也无颜再回邱尔克了吧。

在广袤无垠的海上扬起孤帆，席尔梅斯将会去往何方呢？

"他大概会去密斯鲁或是纳巴泰一带吧。到了密斯鲁，还能继续启程前往马尔亚姆。"

耶拉姆边说边用食指在餐桌上画着地图，古拉杰偏了偏他那粗壮的脖子。

"他要是往密斯鲁去，可就有点儿意思了。"

"你是指什么，古拉杰？"

"陛下，其实密斯鲁那边有些异样的动静。"

古拉杰压低了声音。他在海风中锻炼出了一副清晰洪亮的嗓门，实在不太适合密谈，但亚尔斯兰的身份若被周遭客人知悉会很不妙，因此他也有所顾虑。不过"柏树公主"这家店原本就是为大声密谈而存在的，其他的客人也都在专注于自己的话题，并不需要担心。

古拉杰告诉他，密斯鲁国王身边有位客人亦被唤作席尔梅斯，此人戴着黄金面具，身边聚集了一群帕尔斯人。

"就是说，两位席尔梅斯说不定会在密斯鲁不期而遇了？"

亚尔斯兰忍不住笑出声来。那位异常高傲的席尔梅斯若是遇上装作自己的冒牌货，会有多么愤怒呢？虽然很对不起席尔梅斯，可这种时候毕竟哭也不行，只能笑了。

"他要是遇到冒牌货，绝不会善罢甘休，肯定会一刀砍了对方。那样我们就不用专门花工夫去收拾那个冒牌货了。"

古拉杰也是一脸快活，但亚尔斯兰立即收起了笑容。事态一旦演变至此，密斯鲁国王会怎样做呢？是依然坚持拥立那个假冒的席尔梅斯，除掉真正的席尔梅斯呢？还是抛弃假席尔梅斯，转而支持真正的席尔梅斯呢？倘若是后者，席尔梅斯就得到了一个足以代替邱尔克国王的靠山。这对帕尔斯来说，不过是东方的威胁转移到了西方而已，并不是什么值得开心的事情。

"那尔撒斯对这件事怎么看呢，耶拉姆？"

"他好像很期待这出好戏，还说'该想些什么计策去搅局呢？'"

"真像那尔撒斯做得出的事。"

敌人越是玩弄阴谋诡计，那尔撒斯就越能轻而易举地收拾他们。邱尔克国之后是密斯鲁国，谋士和野心家层出不穷，但在那尔撒斯看来，这些人都是在世上描绘壮丽图景时要用到的素材，令他不会太过无聊。

三人得出了结论——接下来继续去搜集更详细的情报，并在基兰港做好出动海军的准备。这场非正式会议就此落幕。

II

当"巨大的漆黑羽翼"——也就是黑夜支配了天与地的时刻，亚尔斯兰和耶拉姆回到了王宫。这种时候，耶拉姆总是走在前面对守门的士兵打招呼，转移他们的注意力，亚尔斯兰再趁机溜进城门。虽然只是无聊的些许小事，但微服出巡的乐趣正在于此。

与耶拉姆告别后，亚尔斯兰在走廊入口遇到了大将军奇斯瓦特。他默许了亚尔斯兰的微服出巡，所以年轻的国王觉得至少回到王宫时要和他打个招呼。亚尔斯兰给他讲了自己在"柏树公主"见到古拉杰的事情，奇斯瓦特闻言微微一笑。

"看来古拉杰也不喜欢王宫啊。"

"其实我也不喜欢，可毕竟也不能躲到海上去。你家那位侠肝义胆的勇士还好吗？"

"他实在太活泼了，我家简直和战场没什么区别了。"

艾亚尔是奇斯瓦特两岁的儿子，他的名字是亚尔斯兰取的。当初，奇斯瓦特的妻子娜丝玲抱着婴儿觐见国王时，这个小小的勇士曾经立下过尿在国王膝盖上、让解放王不得不去更换衣服的战功。

"代我向夫人问好。王宫的大门随时向艾亚尔敞开。"

"不胜感激，陛下。"

确认过要在次日上午的会议上见面后，亚尔斯兰便与奇斯瓦特道别，步向走廊深处的卧室。加斯旺德在卧室门前恭恭敬敬行了一礼。

"您平安归来真是太好了，陛下。"

"我又不是上了战场……"

亚尔斯兰心念一转，说道：

"加斯旺德下次也一起来吧。"

"宰相阁下会发火的。可既然陛下您这么说，臣只好恭敬不如从命了。"

亚尔斯兰听着加斯旺德开心的声音走进卧室，一头扎进对他一个人来说有些过大的床上，脑海里浮现起席尔梅斯的事情。

自从帕尔斯历三二〇年十月，于亚特罗帕提尼会战中败北之后，亚尔斯兰一次都不曾尝到过孤独的滋味。总有人在他身边相伴，与他一同分担困苦艰辛。亚尔斯兰明白这是何等的幸福。他永远不会忘记自己当初被安德拉寇拉斯王逐出军中时，那些追随而来的人。而席尔梅斯又是如何呢？

"席尔梅斯大人实在也很可怜。"

亚尔斯兰忍不住这样想，但恐怕这种同情才是最能刺伤、激怒席尔梅斯的——那尔撒斯曾经这样说过，对此他亦有同感。居高临下地对他人施以同情，或许也是一种傲慢。

"就算陛下将王位让给席尔梅斯大人，他也不会得到满足。那位大人只想凭实力夺回正统王位。"

想起那尔撒斯所说的话，亚尔斯兰不禁轻叹一声。正在此时，他的耳畔传来一阵拍击翅膀的轻快声响。亚尔斯兰起身伸出手臂，一只鹰便停了上来。对于身为亚尔斯兰战友的这只鹰来说，年轻国王的手臂就是它的王位。

"告死天使，你觉得我该怎么办才好呢？"

对哦，究竟该怎么办呢？——亚尔斯兰觉得告死天使这样回应了他，但这只是他的擅自认定。可以肯定的是，他不得不承认席尔梅斯和自己不能共存于世这个令人痛苦的事实。登上王位的人，就一定要在心中背负起相应的重担吗？

"艾丝特尔现在还好吗？"

他倏然忆起了这个名字。那是一个自称见习骑士爱特瓦鲁的鲁西达尼亚少女。在夺回王都的战役之中，于圣马奴耶尔城遇到的艾丝特尔，给亚尔斯兰带来了一份新鲜的惊喜。

在这以前，鲁西达尼亚人在亚尔斯兰的认知中都是一个没有面孔的概念。他们仅仅是一群可憎的侵略者，是应当去打败的仇敌。然而，遇到艾丝特尔之后，鲁西达尼亚人的形象开始变得有血有肉了起来。亚尔斯兰懂得了，他们也是有表情和感情的人类。直到懂得了这一点，他才第一次产生了宽恕敌人、与敌人和谈的念头。可以说，这一切都是艾丝特尔教给他的……

突然，告死天使猛烈扇动起翅膀。

"怎么了，告死天使？"

告死天使用尖利的啼声回答了亚尔斯兰的提问。只听翅膀拍击声传来，告死天使倏地穿过房间，扑向窗户，朝玻璃窗外再次鸣叫起来，叫声中充满了强烈的敌意和警惕。

亚尔斯兰抬脚走向窗边，又立即停下脚步。一阵战栗掠过年轻国王的全身。有什么停在窗外！看起来显得极其不祥。

亚尔斯兰抓起刚刚放下的长剑，调整好呼吸，小心翼翼地试图打开窗户。说时迟那时快。

随着一声巨响，窗户被打碎了。亚尔斯兰反射性地朝侧面一跃，避开了雨点般四溅的玻璃碴。他抬起一侧手臂护住脸，在地上翻滚了一圈，随即一跃而起。告死天使发出威吓的尖叫。一只个头和人类差不多大的黑色生物在半空中狂舞，不断撞击着天花板和墙壁。

"陛下！"

门被推开，加斯旺德冲了进来，动作像年轻的黑豹一样敏捷矫健。他已然拔剑在手，只待遇到入侵者便将其一剑斩杀。

然而，他却震惊得呆立在原地。入侵者并不站在地面上，这场搏斗发生在空中。告死天使羽毛四散在空中，化作不合时节的大雪漫天飞舞。那只黑色的异形生物试图抓住告死天使，被它用喙击退。亚尔斯兰单膝跪地，手持长剑，试图助告死天使一臂之力，却毫无插手余地。

告死天使从被打碎的窗户飞出室外，它意识到狭窄的室内不利于战斗。

临睡前来到庭园中巡夜的耶拉姆听到一阵奇怪的声音，抬头便望见了夜空中拍击翅膀的鸟影。

"告死天使？"

疑惑的表情瞬间转为危机感，耶拉姆一跃而起，抓住剑柄。

"陛下！您没事吧！"

他正要冲出门去，又突然停了下来，因为头上传来了一阵尖锐的声响。玻璃碎片在月光中纷飞，一个体形远大于告死天使的黑影冲上天空，振翅声仿若上千只蝙蝠同时扇动起翅膀。黑影背对着月亮舞动，它状似人类，却扇动着一对形状怪异的翅膀，撕碎了月亮的影子，又发出一阵令人厌恶到不禁想要捂住双耳的叫声。

怪物将长长的手臂伸向告死天使。告死天使堪堪避过，动作却颇为迟缓。鹰是不适合夜战的。耶拉姆抬头看着这场发生在空中的战斗，一时不知该如何是好。该去救告死天使呢，还是去确认亚尔斯兰的安危？总之，他大叫了起来：

"陛下！"

"是耶拉姆吗？当心！"

听到亚尔斯兰的声音，耶拉姆意识到年轻的国王大约平安无事，遂放下心来，开始动起脑筋。他在地面上环视了一周，抓起一块大小恰好能握在手中的石头，手腕一翻。

石头命中了怪物的后背。怪物又惊又怒地叫了一声，在空中变换了姿势。它发现了站在地面上的耶拉姆，双眼冒出刺目的红光。

怪物扇起它那漆黑的翅膀，拍打着夜空，猛地朝耶拉姆俯冲下来。一阵腐臭刺鼻的暴风迎面吹向耶拉姆。耶拉姆扬手一剑，径直刺向怪物那两只红眼睛当中，不想那怪物突然急速上升，避过了他这一记突刺，随即像石块一样笔直下落，用那双可怖的钩爪抓向耶拉姆的颈部。耶拉姆跃向侧面避开，失去平衡跌倒在地，同时一剑横扫而出。怪物第二爪挥下。利爪与利刃相撞，发出清脆的声响，怪物再次飞上了夜空。

此时，身在宫中的那尔撒斯、法兰吉丝以及奇斯瓦特和亚尔佛莉德接到加斯旺德的报告，都陆续率兵赶来。

"喔，正因如此，我才不能离开亚尔斯兰陛下的身边。待在这里就不会无聊了。"

轻松愉快的语气来自一名自称流浪乐师的男子。

巡检使奇夫从士兵手中夺过一支长矛。矛柄另一端固定着一枚双刃剑。他看似要举起那支长矛，却把长矛往脚边一丢，用快活的声音朝空中的怪物大叫起来。怪物血红的双眼聚焦到奇夫身上。

III

怪物发出刺耳的怪叫，毫不迟疑地扑向奇夫。

"奇夫，危险！"

听到亚尔佛莉德的叫声，奇夫纹丝不动，双手也放松地垂在身旁，一张秀丽的面庞上充满了平静。

眼看怪物的利爪就要碰到奇夫身体，说时迟那时快——

怪物的身体在空中翻滚起来，凄厉刺耳的咆哮回荡在深夜的庭园之中。很多人都看到怪物的身体上刺着一支细长的利器。它发狂般在空中扑腾着那形状奇异的翅膀，却早已失去了飞翔的气力，终究还是宛如溺水般挣扎着，重重跌落在地。

耶拉姆间不容发地冲上前来，手起剑落。怪物头部被击碎，四肢和尾巴仍然止不住地剧烈抽搐。

"奇夫，你没受伤吧？"

奇夫恭谨地向匆忙赶来的亚尔斯兰行了一礼。

"请陛下不必担心，世上能伤到我奇夫的只有美女的冷言冷语。"

"啊呀，看来你的舌头也完好无损呢。"

亚尔斯兰笑了起来，随即收起笑容感叹道：

"话说回来，我从没见过你刚才那样的招式。原来你的绝招不只有箭术啊。"

亚尔斯兰亲眼看见了奇夫的绝招。当时奇夫赤手空拳站在怪物面前，但他脚边放着一支长矛。当怪物靠近之际，奇夫朝长矛一端猛地一脚踩下，垂直弹起的长矛从正下方贯穿了怪物的身体。

手持火把的士兵们聚成一个发光的圆圈。那尔撒斯和法兰吉丝看到怪物的尸体，不约而同叫出声来：

"蝠翼猿鬼？"

那是一种传说中的怪物。它既不像人又不像猿猴，背后还长着巨大的蝙蝠翅膀，獠牙和利爪都带有毒性，可以腐蚀生物。据说它以人肉为食，尤其爱吃婴幼儿的嫩肉。传说中，这种怪物曾被圣贤王夏姆席德逐出地下的熔岩之城，成了蛇王撒哈克的随从，之后随着撒哈克的败北而销声匿迹。现在，这种不祥的怪物又复活了吗？还出现在了王宫里。又是谁将这种怪物复活的呢？

"蛇王撒哈克……吗？"

这个名字令人感到一股冰寒刺骨的瘴气。耶拉姆、加斯旺德、奇夫、那尔撒斯、奇斯瓦特、亚尔佛莉德和法兰吉丝等一众勇士皆面面相觑。甚至连停在亚尔斯兰肩上的告死天使，似乎也在夜风中颤抖着翅膀。

"就算蝠翼猿鬼仍然存活于地下或是偏远地带，也不可能单独出现在叶克巴达那这种大城市。操纵它的人一定就在附近，切勿掉以轻心。"

那尔撒斯提醒众人注意。奇斯瓦特点点头便大步离去，准备组织起王宫中的卫兵，对周边进行地毯式搜查。

王宫中的每一扇窗都点亮了灯火，宽广的庭园各处也燃起了篝火。晚睡的叶克巴达那市民若是看到突然亮起的王宫，肯定会大吃一惊。

"有点儿小题大做了。"

亚尔斯兰苦笑起来。那尔撒斯闻言答道：

"在国家大事上，小题大做再多都不为过。要是草草息事宁人，只会更助长那些犯人的气焰。现在就要彻底……"

不等那尔撒斯说完——

"绝不让僭王得到安眠！"

人们耳边响起了恶毒的宣告。奇夫、耶拉姆和加斯旺德都听不出声音是由何处传来的。夜色笼罩的庭园里，充满了一股饱含恶意的嘈杂。

"我每晚都要潜入亚尔斯兰这小子的梦中，让他尝尝噩梦的滋味。走着瞧吧！"

"到底在哪儿？给我滚出来，你这妖魔！"

加斯旺德大吼。他知道对方不可能乖乖出来，还是忍不住想要大吼。与此同时，女神官法兰吉丝一语不发地将水晶笛贴到唇边，用纤细白皙的手指弹奏起无声的旋律。奇夫盯着她，看得出了神——倏然之间，他眼神一沉，竟变得有如刃锋般凌厉，手中闪起一道寒光。一柄从黑暗中掷向法兰吉丝的短剑应声落地。

"在那边！"

耶拉姆和加斯旺德扑向短剑掷来的方向，藏在灌木丛中的人影咒骂着一跃而起。常人无法听到的水晶笛音令他感到痛苦，将他从藏身之处赶了出来。他避过耶拉姆和加斯旺德的斩击，落到了十加斯（约十米）开外之处。而这里便是他的葬身之地。

黑衣骑士一剑从魔道士的左肩斜劈到腰间，将他砍成了两截。

魔道士只感到剧痛如火花般散开，登时毙命。再玄妙的绝招也抵挡不过迅猛无匹的斩击，根本就来不及施展出来。转眼间只见血如泉涌，魔道士栽倒在地，没能留下一句诅咒，也没能抛下一句狠话。

骑士甩了甩剑上的鲜血，走到亚尔斯兰面前，单膝跪地。

"陛下有难，臣却护驾来迟，还望陛下恕罪。"

"达龙，你来得太好了。"

"不敢当。本该留他一命问出口供的，臣却听凭一时冲动斩杀了他。"

"不，他什么都不会说的。因为魔道之徒在说出秘密的瞬间，就会丧命。"

说出这句话的是法兰吉丝，她已经收好了水晶笛。当她仔细凝视着死去的魔道士面孔时，奇夫饶有兴趣地观察起她的表情，却没能从那张白皙端丽的侧脸上读出什么来。

"他刚才还说要让陛下不得安眠，是真的打算潜入陛下的梦境吗？"

"到了那时，我法兰吉丝也会赶到陛下的梦之庭园，将梦魔一扫而空。"

月光洒在法兰吉丝身上，将她映得仿若一尊蓝宝石雕像。

"当了女神官，连这种事也能做到吗？"

亚尔斯兰不禁感叹起来。法兰吉丝微微一笑，这是她今晚第一次露出笑容。

"这种事平时很少做，不过一旦需要——"

奇夫厚颜无耻地插嘴道：

"哎呀，法兰吉丝小姐，原来那个每晚来到我的梦中，轻吟爱之诗句的美女就是你吗？她总是蒙着一层厚厚的面纱，看不出究竟是谁呢。"

"既然她都已经蒙着面纱了，你又是怎么知道她是美女的呢？"

"当然是因为我怀抱着纯洁无瑕的爱啦。"

"那你从一开始就该知道她是谁了嘛。"

"哎呀，真是尖刻得言不由衷。法兰吉丝小姐，你该不会是害羞了吧？"

"谁害羞了啊！"

众人哄堂大笑。亚尔斯兰把善后工作交由达龙和那尔撒斯处理，将法兰吉丝单独唤到了二楼露台。

"法兰吉丝。"

"在，陛下。"

"你是不是从去年开始，就总有什么事一直挂在心里？"

美丽的女神官没有立刻作答。亚尔斯兰继续诚恳地说道：

"也许不该追问太多，但我只是有些放心不下。就算我听了，说不定也帮不上什么忙，但也说不定会灵机一动想出什么好主意来。如果你不是太反感的话，可以告诉我究竟发生了什么吗？"

"陛下……"

"不仅是我，奇夫也很担心你。"

听到年轻国王这样说，法兰吉丝淡红的唇上浮起一抹微笑。

"我想他的担心大概和陛下略有不同吧。但不管怎样，让陛下担心，实在非常抱歉。"

"法兰吉丝，我们是战友啊。"

"是君臣，陛下。同伴这个词我实在担待不起。"

"不，就算我们形式上是君臣，事实上却是战友。你和奇夫，还有其他那些战友拯救了帕尔斯，把我送上了王位，分走了我肩上的重担。偶尔也让我帮我的战友分担一点儿，好吗？"

月光伴着沉默照亮了露台。片刻过后，一个悦耳的声音打破了这片沉默。

"我一直想找个机会告诉您的，或许现在正是一个好机会。"

于是，法兰吉丝开始娓娓道来——

IV

　　"那是在我年纪比亚尔佛莉德还要小的时候。说到光，我还只知道阳光，说到风，也只晓得春天的微风……"

　　那还是安德拉寇拉斯三世统治下的时代。当时，国王骁勇无匹誉满四方，王都叶克巴达那作为大陆公路的要冲繁华至极。边境内外虽时有战事，但每个人都深信帕尔斯的国力国威绝不会动摇，这份繁荣昌盛会长久持续下去。

　　法兰吉丝在很小的时候就失去了双亲。她父亲隶属于骑士阶级，多少存有一笔财产，临死前，他将一半财产留给了女儿，另一半捐献给神殿，请求神殿代自己抚养女儿。因此，法兰吉丝自幼便在神殿里长大。

　　神殿坐落于一个名叫夫塞斯坦的地区，它位于王都叶克巴达那以东，培沙华尔城以西，离尼姆尔斯山脉北方不远。在这里，连绵起伏的丘陵环抱着肥沃的盆地，森林繁茂，耕地丰饶，山中有着地下河，随处可见泉水奔涌。到了冬季，从北方吹来的湿润季风会在山脉处形成积雪云，因此整个冬天会下两三场大雪，中断与外界的交通。除此一点之外，此处的确很适合居住。神殿中还建有学院、药草园、牧场、练武场、医院、男女分住的神官宿舍等各种附加设施。

法兰吉丝渐渐长大了。她研习神学，不断积累着成为女神官所需的经验和知识。她还为保护神殿开始习武，在弓箭、剑术和马术方面都取得了优异的成绩。神官属于知识分子，在偏远地区很多人还兼任教师、医生或农业技术指导者，也有人为当地官吏担任顾问。法兰吉丝受到了医学教育，学习了药草领域的知识。她还从历史、地理、算术、诗文一直学到针线活、牛羊饲养、陶器制作，对各类知识皆有所涉猎。

女神官被禁止结婚生子，这在神殿里是理所当然的，但只要放弃女神官的身份还俗，就可以自由恋爱结婚。当然，一旦踏入世俗社会，也会受到贵族或平民等身份制度所约束，但阶级间的壁垒也并非铜墙铁壁，依然存在着"平民的女儿令国王一见倾心，产下王位继承人后被封为王妃"这样的事例。这种情况下，王妃的兄弟们自然也会被封为贵族。

在男子之中，最常见的情况还是出身平民的士兵在战场上立下战功，从而晋升为骑士阶级。还有一条路则是成为神官，靠学识安身立命。因此，在神殿中供职的年轻神官虽为圣职者，但并非全员大彻大悟看破红尘，其中亦不乏野心勃勃之人。

法兰吉丝是在十七岁那年遇到伊格里拉斯的。当时伊格里拉斯二十岁，身材颀长，黑发褐眼，生得一表人才。他是平民出身，希望作为一名神官出人头地。伊格里拉斯学业出众，又能言善辩，他在神殿前邂逅了法兰吉丝，二人双双坠入爱河。

他有一个弟弟名叫古尔干，与法兰吉丝年纪相仿，当时还是实习神官。在古尔干眼中，兄长伊格里拉斯是一个耀眼的偶像，他的容貌与才华都令古尔干引以为豪，而他的恋人法兰吉丝亦是如此。

古尔干时常会与兄长争论——不过依法兰吉丝看来，他似乎很乐于被兄长驳倒。

"就算圣贤王夏姆席德再伟大，不是也被蛇王撒哈克消灭了吗？就算是邪恶，只要拥有了力量也能战胜正义。哥哥不觉得比起坚定信仰，更应该去加强军队吗？"

"你不懂吗？邪恶的力量是不可能持久的。蛇王败在英雄王凯·霍斯洛手下，不就证明了这一点吗？首先，不要轻易说出蛇王这个名字，否则会受到天罚的。"

他们每次都是这样的。

一年后，负责管理神殿的神官长做出了一个决定。他准备从年轻神官中选出三人，派往王都叶克巴达那，在大神殿学习三年后，一人留在大神殿担任高级神官，一人直接以神官身份进宫担任宫廷书记官，另一人回到现在这座神殿担任副神官长。伊格里拉斯坚信自己一定会被选为三人之一，众人也如此认为，然而最终被选中的三人却都是贵族出身。

"连神殿里也有身份歧视吗？那我迄今为止的努力都算什么啊，全是白忙一场。"

伊格里拉斯非常失望，在送三名神官前往王都的仪式上也无故缺席，遭到了神官长的斥责。他刚在法兰吉丝的鼓励下准备重打精神振作起来，就传来了来自王都的急报——到达王都的三名神官遭遇马车事故，其中两人仅受轻伤，一人罹难。办过葬礼后，还需再选一名神官以替补此人所造成的空缺。伊格里拉斯信心十足地认为这次自己一定会被选中，但被选中的又是另一个贵族——先前无故缺席仪式的态度，似乎降低了他的评价。

伊格里拉斯的失望化作了绝望。他终日酗酒滋事，伤人伤己，还在神学课上喝得醉醺醺，寻衅与人争吵。他拒不完成指派给他的工作，交给他的研究题目也一笔不动，仿佛完全变了一个人。

还有很多人同情伊格里拉斯，去安慰、鼓励他，但伊格里拉斯本人喷着满口酒气，一味拒绝他人的善意。

"少说这种言不由衷的话，你明明就在嫉妒我的才能。我早看穿你们一副善人面孔下藏着的那些肮脏想法了，你们只觉得我活该对吧？"

扫兴、失望的人们逐渐离开了伊格里拉斯身边，都觉得"这小子太偏执了，随他的便吧"。一个月过后，除了法兰吉丝和古尔干，只剩下两三个朋友还没有抛弃伊格里拉斯了。但伊格里拉斯丝毫不知反省，反倒咒骂起他们的冷漠无情，变本加厉地靠酒精逃避现实。

不久后，妓院向神殿寄来了一笔巨额账单，令神官们大为惊愕。经过调查，他们发现伊格里拉斯冒用神官长之名寻欢作乐，赊了一大笔账。这是一桩足以被逐出神殿的大罪，在法兰吉丝的竭力求情，以及温和派"再给他一次改过自新机会"的呼吁下，他才得以赦免。

虽然得到了一次赦免，伊格里拉斯却并未改过自新。

"都是身份制度的错。像我这样满腹才华的人却得不到应有的评价，被埋没在世界的一角。一切都怪身份制度。"

至此，伊格里拉斯开始把自己的遭遇全部归咎于身份制度的存在，但他却并未投身于消除身份制度的活动之中，也没有向其他苦于身份制度的人伸出援手，只是将自己不再努力的责任一味推卸给了身份制度。

自己的才华并不足以突破阶级壁垒——他若是能承认这一点，或许反倒会轻松许多，但过高的自尊心不断折磨着他。而古尔干则为了安慰兄长，不断在他面前说神官长等人的坏话，反倒加重了他的心理压力。法兰吉丝实在看不下去，遂提议道：

"我也觉得身份制度不好，但你也不用勉强自己出人头地嘛。好好当个神官积累些经验，以后找个和平的村子教孩子们读书识字，治病救人，也能度过有意义的一生啊。只要你愿意，我也陪你一起去。"

"法兰吉丝，你的意思是让我甘于当个失败者吗！"

伊格里拉斯暴跳如雷。他从来没有努力争取过胜利，却又讨厌失败。法兰吉丝只好闭口不再谈及此事。

更糟糕的事情出现了。人们渐渐开始认为，法兰吉丝作为一名神官比伊格里拉斯更加优秀。她聆听精灵声音的能力、对教典知识的掌握、驱魔能力等每一项实力都超越了伊格里拉斯，在医术、药草学、武术等领域上也取得了惊人的进步，不仅女神官长赞不绝口，连神官长也对她大加赞赏。但伊格里拉斯并不为自己的恋人受到称赞而感到开心。

"哎哟，你还真是不错，毕竟有张漂亮脸蛋嘛。不管是尊贵的神官长还是大神官，你想怎么诱惑就能怎么诱惑吧。恐怕你只要抛下一个微笑，他们就会争先恐后地扑上去捡。我真是羡慕你啊。"

法兰吉丝被刺伤了。这一刻，伊格里拉斯与其说是在侮辱她，不如说是在侮辱他自己了。法兰吉丝看着伊格里拉斯迷醉浑浊的双眼，感到有些丢人。站在她面前的是一个经不起挫折的男人，一个把自己的不幸归咎于他人的男人，一个只能靠嫉妒来自我安慰的男人。

"你别再来了。"

伊格里拉斯甩下这句话，法兰吉丝照做了。她并不是抛弃他，而是意识到需要让他冷静一段时间，况且她自己作为女神官的学习与工作也越来越忙碌了。

没过多久，一场无妄之灾就降临在了伊格里拉斯的头上。一名总是斥责、批判他的前辈神官晚饭后突然倒地身亡，在他喝过的麦酒中发现了毒药，嫌疑指向了经常与他发生争执的伊格里拉斯。

"我是无辜的。如果我真想杀他，会做得更不留破绽。"

伊格里拉斯坚持如此表示。他并无半句谎言，但先前的言行却为他带来了麻烦。也就是说，人们已经完全丧失了对伊格里拉斯的信任。负责调查此案的神官对伊格里拉斯抱有偏见，而伊格里拉斯也赌气拒不配合调查。最后，伊格里拉斯被逮捕，投入神殿中的大牢。

由于伊格里拉斯尚未丧失神官的地位，所以地方官员无权审判他，必须由大神官对他进行审判。伊格里拉斯将乘上骡子拉的囚车被送往王都叶克巴达那，全程需要五天时间。

法兰吉丝从父亲留下的遗产中拿出五百枚金币，交给坐在囚车中的伊格里拉斯。无论在接受审判期间，还是入狱服刑后，都有很多地方需要用钱。

"我也会在审判开始前赶到王都，你等等我，不要放弃希望。"

听到法兰吉丝的话，伊格里拉斯接过装满金币的口袋点了点头，眼神却黯淡无光。法兰吉丝站在神殿后门，目送着囚车启程驶向王都。

此次一别，竟是永诀。

伊格里拉斯在抵达王都之前就花光了那五百枚金币。他买通了负责押解的官吏，企图逃亡。然而，并不是所有官吏都被收买了。伊格里拉斯的逃亡很快就被发觉了。他被追得走投无路，从断崖坠入深谷，据说摔断了头盖骨与锁骨，当场死亡。

接获噩耗的法兰吉丝茫然失措，古尔干则勃然大怒。很不幸的是，真凶不久后便被抓获，伊格里拉斯被证实是无辜的。

"密斯拉神并没有拯救无辜的哥哥，不是吗？神明究竟是无能为力，还是在玩忽职守呢？我再也不相信神和正义，也不想当神官了。我要给所有背叛了哥哥的人一点颜色瞧瞧！"

不管法兰吉丝怎样安慰，神官长如何劝说，古尔干都充耳不闻。某天晚上，古尔干逃出了神殿，并且还不仅如此——在他消失后，人们发现密斯拉神像被洒满了狗血，一名在神殿中负责会计工作的神官头部被棍棒击中受了重伤，此外还有一百余枚金币遭窃。而神官长的桌面上，则躺着一具咽喉被割断的狗尸。

古尔干被宣告逐出师门，并被紧急追查下落。法兰吉丝也受到了审讯，但很快就在女神官长的袒护下被释放了。事实上，法兰吉丝对古尔干的下落完全一无所知，但神官们对古尔干冒渎神明的行为怒不可遏，差一点就要对她施加拷问。

不久后，有人报告说见到了一名形貌酷似古尔干的旅行者。神殿派出十名全副武装的神官和五十名士兵前去缉拿。据称，那名酷似古尔干的旅行者正朝魔山迪马邦特进发。即使出于信仰上的理由，也不能对其置之不理。

法兰吉丝请求加入追捕队将古尔干带回，但未获准许。追捕队出发后，法兰吉丝请求面见女神官长。她表示，自己没能拯救伊格里拉斯，也没能制止古尔干，为神殿带来了太多麻烦，因而请辞。

"没有经历过失败或烦恼的人是不适合成为神官的，因为他们无法理解人们想要依靠神明的那份脆弱。况且，从未犯下过错误的人也无法宽恕他人的错误。现在，你终于有资格成为神官了。能拯救自己的只有自己，伊格里拉斯应当靠自己的力量重新振作起来才对，这并不是你的错喔。"

——这就是女神官长的回答。她的遣词造句算不上多么特别，但那轻柔温和的口吻让法兰吉丝热泪盈眶。就在这一刻，她发誓终生作为女神官侍奉密斯拉神。

然而，法兰吉丝放心不下的只有一件事——古尔干究竟怎么了？

一个月后，追捕队回来了。他们只剩了二十人，因恐怖和艰辛而显得苍老了许多，对一切提问都缄口不答。自那之后，法兰吉丝再也没有见过古尔干，剪短的秀发也随着岁月流逝一点点长长了。

V

"让您见笑了，陛下。"

法兰吉丝说罢，行了一礼。亚尔斯兰深深叹了一口气。没想到看似超然世外，与烦恼痛苦无缘的法兰吉丝，竟然也有这样的过去——不，正是因为有着这样的过去，法兰吉丝才不断在女神官的道路上积累经验、精进武艺、钻研学问，养成了如此超然的态度。法兰吉丝已经重新站起来了。她并没有在挫折中绝望或是自暴自弃，而是优雅地重新站了起来。

"法兰吉丝，谢谢你能对我讲这些。之前我还以为能帮你做些什么来解决烦恼，是我太自以为是了。我也想学习你的生活态度。"

每个人都有自己的生活态度，这原本是轮不到别人来说三道四的。然而，一国之君的生活态度对国家和人民有着很大的影响。如果一国之王内心脆弱善妒、将失败归咎于他人，恐怕这个国家将无法维持下去。绝不能像伊格里拉斯那样，自己一步步踏进陷阱。

年轻的国王忆起了那尔撒斯曾说过的话。

"世上没有天生的国王。当一个人有了自知之明，才能成为真正的国王。而臣民绝不会抛弃有着自知之明的国王。"

一个被臣民抛弃的国王属实可怜，和被友人放弃的平民没有什么区别，甚至还要更糟糕一些。起初，伊格里拉斯可能还是被身份壁垒绊倒的，但从第二次开始，他就都是因为自己的问题而跌倒的了。到头来，他在身份制度面前输得一败涂地。

"承蒙陛下夸奖，实在不敢当。"

法兰吉丝礼节性的感谢中，似乎蕴含了深深的感情。

"对了，陛下，您还记得那场湖上庆典吗？"

"啊，去年那场湖上庆典好像不是很太平，还有艘船翻了……"

"那时，我又见到了古尔干。"

"……这样吗？"

亚尔斯兰说不出别的话来，只能一脸同情地望着女神官。

"他似乎献身魔道了。虽然我早想过这种可能，但他好像已经走向极端了。"

"这并不是法兰吉丝的错。是那个古尔干自己选择了这条路的吧？我们都不要再为自己没做到的事而责备自己了，毕竟我们也不是能做到却没有尽力。"

年轻的国王认真说道。

不久后，法兰吉丝告退。她走下露台，来到庭园中，一名男子立即步履轻盈地迎了上来。

"美丽的法兰吉丝小姐，如果你准备休息了，就让我护送你回房间去吧。说不定从哪里又会冒出妖魔鬼怪来。"

"我眼前似乎已经冒出一个来了。"

"哈哈哈，你真会开玩笑。我可是亚希女神忠实的仆人，到处保护美女免遭魔掌荼毒。"

"我怎么听说是到处被甩呢？"

"哎呀，法兰吉丝小姐，要是害怕被甩可就没法谈恋爱了。就像如果怕死就活不下去了一样。"

"嗯，这也许是真理。"

法兰吉丝的反应令奇夫有些意外地望了她一眼。

"怎么了，奇夫？"

"啊，我只是在想，都已经认识法兰吉丝小姐这么久了，今天还是第一次被你称赞。"

"原来是第一次吗？那就顺便把它变成最后一次吧。效率真高啊。"

"法兰吉丝小姐啊，把效率和计算带到爱情里来，不就不够纯洁了吗？"

"我可不想被一个简直就像是不纯洁本身的人说教。"

法兰吉丝快步走开，奇夫连忙追上前去，似乎打算一直跟在她身后，直到门在他眼前关上。

士兵们在深夜的庭园中忙碌地收拾魔道士和蝠翼猿鬼的尸体、打扫四散的玻璃碎片。达龙与那尔撒斯在一旁负责监督。

"那尔撒斯，这件事还是和那桩盗墓案有关吧？"

"很有可能。"

"秋天那场湖上庆典上也发生过怪异的事件，这一系列恶性事件都是串在同一根线上的项链吗？"

"看来对方打算一点点勒住我们的脖子。"

二人把视线从被运走的尸体上移开，翘首仰望夜空，但星星已被笼罩整座王宫的灯火掩去光辉，略显稀疏。达龙开了口，仿佛要从事态中找出积极明朗的一面。

"自从亚尔斯兰陛下登基以来，帕尔斯在对外战争中从未有过败绩，国内改革也进展顺利，没有遇到太大障碍，所以那些魔道士肯定会着急，觉得不该是这样的。"

"这算是被逼到走投无路的垂死挣扎吗？"

"没错，正是这样。不过我们也不能置之不理，这一点才是最麻烦的。说不定会在被勒死之前就会先被恶意所吞噬，而且在邱尔克和密斯鲁也肯定会有人轻举妄动。"

那尔撒斯闻言颔首，随即微微皱起了眉头。

戴拉姆的前领主素来足智多谋，人称其"脑海中住着十万士兵"。现在，他脑海中住着的那些士兵，正再三向他发出警告。片刻过后，那尔撒斯像是整理思绪一样开了口。

"蝠翼猿鬼是一种妖魔，所以可以被魔道咒术所复活。我本以为这种咒术已经随蛇王撒哈克灭亡而遗失了。"

"所以就是说，它并没有遗失，而是藏在了地下。我觉得其他的魔道伎俩应该也是这样，你很在意这一点吗？"

"达龙，我在想。有人复活了蝠翼猿鬼，但是这有没有可能不是他们的最终目的，而只是一个过程呢？也就是说，他们会不会是在复活什么更加邪恶的东西之前，先在蝠翼猿鬼身上实验一下复活咒术呢？"

"比蝠翼猿鬼更加邪恶的东西又会是什么呢？"

此刻，达龙和那尔撒斯都把声音压得低不可闻。这两人汇集了大陆公路周边各国的智慧与胆略于一身，但即使如此，他们也不愿在这片漆黑的深夜之中贸然说出"那个名字"。

突然响起一阵轻快的脚步声，耶拉姆前来报告。

"那尔撒斯大人，陛下已经就寝。今晚我和加斯旺德大人会守在门内。"

"是吗？那就拜托了，辛苦你们。"

那尔撒斯与达龙相视了一眼，随即点点头。一切都等到天亮后再议。只有沐浴在阳光下，才能构想出对抗黑暗的良策。

VI

漆黑的地下响起了尖锐刺耳的叫声，这些声音在封闭的空间中此起彼伏，如洪水般疯狂爆发。

"那些蝙翼猿鬼吵死了。"

一身暗灰装束的魔道士望着笼子的方向，不悦地抛下这句话。他们共有三人——过去除师尊外尚有七名弟子，而今仅余不足半数。位于王都叶克巴达那地下的魔道殿堂中充斥着一种走投无路的气氛，八把椅子之中的五把已经失去了主人。

"古尔干啊，我真希望师尊能早点儿醒来。只靠我们已经做不到更多的事情了，袭击王宫的行动也失败了。"

"我们不是已经把蝙翼猿鬼放进王宫，吓破僭主和他那群手下的胆子了吗？"

"但我们又失去了一名同志，牺牲太大了。"

"你吝于牺牲吗，根迪？"

"不。"

"那你说话最好慎重一点儿。"

"你竟然怀疑我的忠诚和信仰，真是太让我失望了。我的意思是，在师尊复活前，我们不该草率行动。"

蝠翼猿鬼又开始尖叫起来，叫声回荡在地板与天花板之间，聒噪得令人难以忍受。

"吵死了，臭猴子！小心我往你们身上泼水！"

根迪大吼着，目露凶光瞪向同伴。

"古尔干，趁着现在我也有话要说。这些天来，看你总是一副想要到处行动的样子，但这样做只会让亚尔斯兰一伙人提高警惕。这究竟是失算呢，还是原本就在你的计划之中？"

古尔干眯起了双眼。

"你想说什么？"

"既然你想让我把话说清楚，我就明说。希望到了师尊复活的时候，身边不会只剩你一个人就好。"

"你这话也太无礼了吧，根迪！"

"无礼又怎样？是被刺中痛处了吗？"

椅子咚的一声倒了下去。两个魔道士眼中燃起愤怒的鬼火，狠狠瞪着对方。

"到此为止吧，古尔干，根迪！"

第三个魔道士边呵斥边插进两人之间。

"起初我们有七个人，后来亚尔常格、山袭、普蓝德死了，这一次又失去了彼得，只剩下我们三个了。我们虽才疏学浅，仍要齐心协力折磨世上的人类，让蛇王撒哈克大人早日再度降临于世。但你们却感情用事，争执不休，这样还有脸去面对师尊吗？"

熊熊燃烧的愤怒之火迅速失去了热量。片刻的沉默过后，古尔干开了口。

"抱歉，格治达哈姆，你说的没错。剩下的同志已经为数不多，若再相互争斗，恐怕难成大业。"

"明白就好，今后我们要更加团结一心。"

这是一幅多么美好的景象——假如能将他们"将巨大灾厄带往世上，将帕尔斯投入血腥与破坏的深渊、杀戮数百万民众"这个目的正当化的话。

"只要再忍耐一下就好。待到师尊复活，便将一切都交付于他，我们只要遵从指示就行了。亚尔斯兰那伙人肯定会哭出来的，到了那时……"

"等等，你们听到什么声音了吗？"

格治达哈姆抬起手来，三名魔道士闭上嘴，侧耳聆听。蝠翼猿鬼尖锐而令人不快的嚎叫也仿佛被一刀斩断般戛然而止，一阵充满恶意的沉默吞噬了整个地下室。

"已经过去四个月了。原以为要花上半年的时间，没想到这么快就要大功告成了。"

古尔干轻声说道，另两人也无声地点了点头。于是幸存的魔道士整理好他们暗灰色的衣襟，站起身，走向隔壁的房间。

在密斯鲁国，一艘大型帆船正要从迪吉雷河口的巴尼帕尔港启航驶向马尔亚姆王国。乘在船上的，是以一国使节身份去拜访了密斯鲁国王荷塞因三世的骑士欧拉贝利亚。

他并没能从荷塞因三世那里得到多么友善的答复，但借此良机，他成功对密斯鲁国的状况进行了一番细致的观察。他尤其注意观察了海军的状况。密斯鲁与马尔亚姆两国隔海相望，无论是要与其交战，还是要与其结盟，都必须准确把握密斯鲁海军的实力和活动情况。密斯鲁一方自然会竭力隐藏这些情报，但外交官的看家本领就是想方设法钻空子进行观察和刺探。

欧拉贝利亚的另一个收获，是在港口救起了一个名叫派莉莎的女人。

起初，欧拉贝利亚打算把派莉莎交给密斯鲁国官府。他并不是刻意有此计划，倒不如说这才是理所当然的处理方式。然而，派莉莎在医生的治疗下恢复了意识，说自己是帕尔斯人，并请求欧拉贝利亚不要把她交给密斯鲁国官府，而是将她带往马尔亚姆。

"我是作为马尔亚姆新任国王的代理人来到密斯鲁的，不能对密斯鲁国王做出任何心中有愧的事。虽然不知道究竟发生了什么……"

"要是你们那位新国王轻信了密斯鲁国王，可就要倒大霉了。因为那个密斯鲁国王是个厚颜无耻的大骗子。"

"你这女人真是胆大包天，竟敢管一国之君叫大骗子。"

"那人不仅是个大骗子，还是个杀人犯啊！"

"你说得这么严重，总该有证据吧？"

"证据就是我自己啊。"

于是派莉莎向欧拉贝利亚讲述了自己的亲身经历以及从查迪处听来的一切。她的话条理分明，富有说服力，面对各种提问也能够明确作答。

欧拉贝利亚陷入了沉思。倘若这个女人的证词属实，那么的确将密斯鲁国王荷塞因三世称作大骗子也不为过。对马尔亚姆王国的鲁西达尼亚人政权来说，要是密斯鲁国扶植冒牌王子以对抗不共戴天的敌国帕尔斯，最终两败俱伤，可是件求之不得的好事。然而，走错一步或许就会酿成大祸。

"总而言之，这件事超出了我个人的能力范围，还是尽快回国向吉斯卡尔陛下报告为好。一切顺利的话，不仅对国家有利，我自己也能出人头地。"

下定决心后，欧拉贝利亚重新打量起派莉莎。她相当美丽，而且体态丰盈，从她身上能感受到一股饱满的生命力。欧拉贝利亚想起吉斯卡尔在入侵帕尔斯时，也曾宠爱过数名这种类型的美女。虽然错过可惜，但欧拉贝利亚还是认为不对她出手比较好，况且她左臂上闪闪发亮的银色臂环也令人相当在意。

"你第一次去马尔亚姆这种异国他乡，不会害怕吗？"

"我出生之前也没去过帕尔斯。无论哪个国家都有男有女，没有什么区别啦。"

"哼，算了。这原本是不允许的，不过这次就破例把你带过去吧。"

"多谢啦。"

派莉莎向装腔作势的鲁西达尼亚骑士简简单单道了句谢，心中默念道：

"查迪，等着我。我要为你报仇雪恨，给密斯鲁国王和他那些手下点颜色瞧瞧。不然我整天都要做噩梦，也没办法自己一个人得到幸福。"

派莉莎是不会冒出"在世界的某个角落里思念着查迪度过余生"这种念头的，她总有一天要找个仪表堂堂又能赚钱的男人结婚。只是，她曾与查迪相依为命一起浪迹天涯，查迪也曾向她承诺过"要让你成为大将军的正室夫人"。派莉莎觉得查迪实在没有理由遭到那样的毒手，毕竟他不是个坏人，所以自己必须为他报仇。

出港的那一天，派莉莎站在帆船的甲板上眺望着北方的地平线。深蓝色的海面上一片片白色若隐若现，分不清是浪花还是海鸟。她缓缓张开双臂，深深吸了一口气，胸中便充满了海潮的气息。雕刻着密斯拉神的臂环，在阳光中闪闪发亮。

一个帕尔斯国的女人乘着马尔亚姆国的船，正要离开密斯鲁国。而在东方海面上，一个帕尔斯国的男人乘着辛德拉国的船，正在渐渐接近密斯鲁国。

动画主创特别对谈

导演·阿部记之 × 总编剧·上江洲诚

二位是如何接触到《亚尔斯兰战记》原著小说的呢？

上江洲诚： 在我很小的时候，当时还没有轻小说这个词。那时我还只是个逞强去看小说的小学生，但《亚尔斯兰战记》是一部当时很罕见的面向年轻人的奇幻小说，这一点让我很开心，立刻就成了这部作品的粉丝。毕竟在那之前，我不得不勉强自己去读一些成年人看的小说，像是迈克尔·穆考克之类的（笑）。长大后进入了动画行业，被起用为总编剧，实在是不胜荣幸。

阿部记之： 我年纪比上江洲大，刚开始做动画的时候《亚尔斯兰战记》人气就很高，当时觉得这种正宗的奇幻题材真不错啊。其实我以前也参加过一点点《亚尔斯兰战记》相关衍生作品的制作，记得好像是帮忙画过游戏还是什么作品的分镜。

上江洲： 是世嘉公司的 Mega-CD 啊！（译注：日本游戏公司世嘉发售的一种家用游戏机。）

阿部： 当时我做的是流程中的一道工序，其实没太搞清是什么（笑）。

上江洲： 还是第一次听您说。我简直感到了一种命运啊。世嘉发售了一种叫作 Mega-CD 的游戏机，上面有《亚尔斯兰战记》……是个策略模拟游戏，对吧？当年我放学回家路过二手店时，咬着手指头想过"好想要，好想要啊"。

阿部：很想好好做些与这部作品相关的工作。……在那之后又过了二十年，现在能做这件工作我很开心。

请二位向大家讲讲心目中《亚尔斯兰战记》这部作品的有趣之处。

上江洲：《亚尔斯兰战记》是田中芳树老师在日本还没有正宗英雄奇幻题材的时代，凭着他的先见之明所创作的。要说最厉害的地方，应该是老师从动画角色的设计思路中进行了一些逆向引进，像是身为女性却美丽强大的法兰吉丝、明明是吟游诗人却比剑士身手更加了得的奇夫，等等。现在看来似乎司空见惯，但在当时那个年代是一种革命性的创新，先进得令人不禁怀疑，难道田中芳树这位作家来自未来？不过，这些都是长大后，对作品进行过分析才产生的想法。小时候就是单纯地喜欢角色，想着达龙好帅啊，法兰吉丝好棒啊，有这些角色活跃在其中的故事真有趣啊……这样读下来的。

阿部：田中芳树老师的作品，包括《银河英雄传说》在内，都设定了很严谨的世界观，或者说社会结构和政治体系，但描绘的剧情却很有人情味……这种地方总是很有魅力呢。包括《亚尔斯兰战记》这部作品，那个时代当然会存在奴隶制，血统也很受到人们的看重。在好好把握了这一点的基础上，却在其中放进了一个角色设计思路很现代化的亚尔斯兰。《银河英雄传说》里不是也有很多社会制度登场吗，在剧情中可以窥视到政治世界的一角，我喜欢这种存在感强烈的世界得到细致的描绘。

二位在原著中最喜欢哪段剧情呢？

上江洲：我很喜欢动画第十话、原作第二卷荷迪尔的故事。殿下在荷迪尔的宅邸中过了一夜，试图释放他家的奴隶，结果却事与愿违的那一段。我首先喜欢它作为一个短篇情节很完整的地方，正因为有了它，读者的脑海中才形成了对故事整体的看法，或者说瞬间意识到了这一点。作为总编剧，每段剧情我都很喜欢（笑），自己主动请缨写的是第十七话，辛德拉神前决斗那一段，那段是我主动要求负责的。

阿部：我喜欢卡兰战死、巴夫曼战死等那几段。虽然还有许多更引人注目的帅气剧情，但是这种地方能够体现出某些在那个时代绝对不能让步的东西。沙姆也是，以现代人的角度去看，可能会觉得"他为什么要追随席尔梅斯啊？"，但是当历史剧去考虑，想想在封建社会中血统是多么的重要，这种再喜欢率真的少年亚尔斯兰，立场也绝不动摇的人，就很有历史人物的那种魅力了。

上江洲：是的。我在制作动画时，很少会去创作这样的角色，或者说去描绘这种古典理念的贯彻方式。能描绘这种内容让我很开心。

说到席尔梅斯，动画第十九话的主角是席尔梅斯，感觉这里是动画特有的构思。

上江洲：动画这种媒体形式的节奏与小说不同，会就我们认为有必要的部分进行重点描绘。这集的主旨是深入剖析反派席尔梅斯的人格，让观众体验一段时间席尔梅斯的视角。这样同时也能对沙姆进行深入剖析，效果很不错。

那一集的片尾字幕最上方一行，也是为席尔梅斯配音的梶裕贵先生呢。

上江洲：我们很重视席尔梅斯的（笑）。很意外的一点是，如果一直按原计划做下去，席尔梅斯就没有什么机会出场了。

原作中里他也没在圣马奴耶尔城攻防战中登场呢。

上江洲：是的。我们已经决定将小说第一卷到第四卷改编为动画，但在这期间席尔梅斯和亚尔斯兰没有机会碰面，这是一个很大的难点。就算不能让他们在剧情途中相遇，也想让观众体验席尔梅斯一行人的想法，这段故事就是出于这个目的而诞生的。

原作小说还没有完结，荒川弘老师绘制的漫画版也才刚刚开始，所以动画从途中开始对剧情进行了原创，这部分是如何创作的呢？

上江洲：全部是以荒川老师和田中老师的作品为前提进行创作的。尤其我们与荒川老师取得了共识，在让这部动画向荒川版《亚尔斯兰战记》靠拢这一点上倾注了最多的心血。因此，如果遇到了不知该如何是好的情况，就以"换成荒川老师会这样做"为准则。

阿部：如果只有小说的话，说不定会更难确定方案。

上江洲：如果只有小说的话，每个人脑海中都会有自己的印象，恐怕大家的意见会千差万别。能这样达成一致，很大的一个原因就是有荒川老师这根准绳。

阿部：在荒川老师的漫画里，小说第四卷才登场的爱特瓦鲁从一开始就登场了，在动画全二十五话的篇幅中能有两次机会出现，那么亚尔斯兰和恢复女装的爱特瓦鲁相遇怎么样呢——这也是在和荒川老师讨论时谈到的，虽然还有一部分是田中老师的主意。

上江洲：当时我们在讨论，在两季长度的动画里遇到爱特瓦鲁两次比较好，田中老师也在场说"好啊"。田中老师很喜欢荒川老师那个"少年奴隶其实是爱特瓦鲁"的点子，然后在怎样组织剧情才能表现得最有趣这一点上花了不少时间。

亚尔斯兰和爱特瓦鲁互相都没发现对方的真实身份，对话也鸡同鸭讲，却无意中促使亚尔斯兰下定了决心，我觉得这里是个很棒的改编。

上江洲：这正是我们在动画版中希望得到称赞的地方（笑）。

阿部：作为创作方，觉得能顺利表现出来真是太好了。在那种状态下，让爱特瓦鲁推亚尔斯兰一把，这段情节不是一次性完成的，还加入了剧本作者的点子。毕竟当时亚尔斯兰还处于最为烦恼不知该如何是好的时期，所以我们还要考虑该怎样解决这个问题，让两人如何见面。

上江洲：首先结局是定好的，然后由此逆推，怎样才是最有效的……比如，爱特瓦鲁应该以男装还是女装来见他，要怎样做才能把二人在圣马奴耶尔城得知彼此身份的瞬间烘托得最为震撼人心，我们会意识到诸如此类的问题，去考虑中间的剧情展开。作为动画版埋藏的伏笔，与爱特瓦鲁有关的部分是最大的亮点。现在觉得能顺利实现出效果真是太好了，如果这部分显得无趣了，我们的心情也不会平静的。

阿部：这个故事基本上是以亚尔斯兰不断成长为前提，而爱特瓦鲁则是作为关键人物之一而存在的。某种意义上，她既是敌人，又是伙伴，还是一个女孩子，充满了各种适合展开剧情的要素。

上江洲：她也是给了亚尔斯兰一个思考契机的引导者。这就是漫画版《亚尔斯兰战记》厉害的地方，竟然能把一个原作在圣马奴耶尔城才出场的骑士塑造得如此丰满。我听说田中老师对此也非常高兴。荒川弘太恐怖了。

田中老师有谈过对动画版的感想吗？

上江洲：据说非常开心，看完最后一话还说了"下周开始该靠什么活下去啊"这种话。当然经纪人似乎让他赶紧继续写原稿了（笑）。我觉得田中老师心中一定有着什么在熊熊燃烧。老师在配音收录的时候也来了，我有幸和他聊了聊，他似乎很高兴。感觉被他温柔地守望着。我们非常感激老师的心胸豁达，或者说，能允许我们自由发挥。

阿部：老师人非常好，来参观配音的时候在一旁听着我们和配音演员讨论措辞细节，还说"很开心能听到大家这么认真地讨论我写的东西"。就觉得，啊，老师能觉得开心太好了。真的是很棒的文字，我们都想去解读它，配音演员们也想。毕竟从成书到现在也经过了一些年月，在这段时间中又发生了怎样的变化呢……比如措辞，书中偶尔也会刻意使用一些不太常用的词句，这部分也是很有挑战性的。

上江洲：配音演员们也会积极讨论这里的语调该是怎样的，那一段措辞该是什么样的，然后我们也会以热情回报他们。无论是动画制作方还是配音演员，都在这部作品上倾注了极大的热情。选定角色时大家都很开心，由于年代的原因，配音演员之中也有很多人喜欢《亚尔斯兰战记》，感觉所有的万骑长都知道这部作品呢。

阿部：漫画和小说比其他形式的作品有着更多的可能性，所以工作人员都充满了热情。我们开始制作之前，在思考如何展示二十多年前创作的作品时，会想到如果放在现在剧情节奏会更快，或者陷入更大的危机，或者就算颠倒过来，现在的作品也很讲究手法本身。然而在这种情况下，《亚尔斯兰战记》却非常容易理解，虽然不去亲身体验一下就很难感受到亚尔斯兰被可靠同伴们包围的那种安心感，以及他对这种安心感是如何理解的，但是从结果上说，该说是时机比较好，在这类题材整体都不太多的情况下没有竞争吗？也可能是在二十岁左右的人眼中有种全新的感觉，原作质量就很扎实，所以放在现在也行得通。

上江洲：这就是大众正统路线的好处，不需要耍小手段。有种古典传统的稳固感，该称作历史感吗？在会议中经常会提到"风格"这个词，在各处都会讨论到诸如要不要保留、该如何保留充满历史感的标题风格，这样的话题。

有些在小说中不需要描写出来的东西，用画面表现时也必须全部画出来。两位在这方面做得很辛苦吧。

上江洲：说到辛苦，这里就是最辛苦的部分。必须构思出那个世界会用到的所有文字，还有在吃饭的场景中，如果辛德拉是以印度为原型的话是不是要用手直接抓饭吃，诸如此类，只要会出现在屏幕上的内容，全部都要构思出来。还有，在动画中描绘马匹也是很麻烦的（笑），这部分靠着发达的CG技术才总算做出来了，如果是纯手绘的动画可能就画不出来了。

阿部：在这个意义上，还有些技术问题正因为是现在才能解决呢。

上江洲：如果不在铠甲、马匹等地方使用 CG 技术，就赶不上播出日了（笑）。我过去也制作过很多由小说改编而成的动画，像《刀语》（作者：西尾维新），等等。我深有体会的一点就是，撰写动画剧本的工作，同时也是一种把留有品位余地的优秀文章，改写成准确而不存在其他理解的文章的过程。剧本家的工作就是去理解原文，思考该如何转化为影像，并传达给所有工作人员。所有的角色都会在圣马奴耶尔城登场嘛，我就经常在会议中用白板画一幅作战指挥图，然后大家一起来考虑，让谁和谁对决会比较有趣。那都是些有苦有乐的瞬间。

阿部：剧本完成到那一步之后，因为方向性已经确定好了，接下来的工作就会比较轻松。当然就算完全不去考虑这一点也写得出剧本，可是到了画的时候，就没办法把要素联系在一起了。我不喜欢那种模式，所以在写剧本的时候就会把这些要素考虑进去。反过来说，有了荒川老师的基本世界观就能将大家的印象统一起来，要是完全从零开始大概会更辛苦。

顺带一提，动画第二部的消息公布了。

上江洲：今天，就在三十分钟之前，我们还在开会讨论第二部的有关事宜（笑）。我们成功地没有背叛原作，把《亚尔斯兰战记》这个故事讲下去了。究竟会做到原作的哪一段，就敬请各位期待后续消息了。全力以赴地完成了第一部真是太好了……以这种规模对这种内容进行制作，一线的动画师也一定很不容易，能够顺利完成都是拜 LIDENFILMS 的各位动画师对作品热烈的爱所赐。

阿部：没错。这对于创作一部作品是很重要的，大家都喜欢原作，也都喜欢荒川老师的漫画。就算在工作上，喜欢的力量也是很强大的，想和所有的工作人员一起夺回王都（笑）。

上江洲：一开始接到委托的时候听说是两季，还在想动画究竟能做到哪里，毕竟我不想把直到《王都夺回》为止原作全七卷的内容硬塞进短短两季的长度里，做成一部描写敷衍的动画。现在终于可以说出来了，我从一开始就是以"绝对会有续篇"为前提进行编剧的。虽然这也算是赌了一把，但是能够得到观众们的满意真是太好了。

最后，请二位谈谈动画即将迎来第二部的心情。

上江洲：拜各位所赐收获了许多好评，能继续制作这部动画的续篇，我们非常高兴。接下来我们会再次发动引擎，以饱满的热情投入工作之中。最重要的是，我们希望读到这篇对谈的田中老师，以及《亚尔斯兰战记》的各位粉丝能够满意，希望得到大家的支持。我们会努力不让各位读者感到失礼。希望大家能够支持我们。

阿部：正如我先前所说的，想和全体工作人员一同走到最后，夺回王都（笑）。我会以看不到那一天的到来就绝不会死的干劲继续前进，敬请各位期待。

（二〇一五年十月七日收录）

采访、整理：千街晶之